欠陥品の文殊使いは最強の希少職でした。2

A L P H A L I G H T

登龍乃月
Toryuunotsuki

アルファライト文庫

主な登場人物
Main Characters
ハインケル
裏組織アジダハーカの頭領《とうりょう》。
人狼の力を有し、
灰色の狼男に変身する。
コブラ
フィガロが従《したが》えた
裏組織トロイの参謀《さんぼう》。
冷静沈着《れいせいちんちゃく》だが、
可愛《かわい》らしい一面もある。
クーガ
フィガロの力で
変異《へんい》した魔獣。
高い知能と戦闘力を
併《あわ》せ持つ。
フィガロ
本編の主人公。
魔法が使えず勘当《かんどう》されたものの、
クライシスのもとで
秘められた力に目覚《めざ》める。

クライシス
かつて世界を救った
伝説の大魔導師。本名は
クライスラー・ウインテッドボルト。
フィガロの魔素《まそ》の影響で
若返った。
ドライゼン
ランチア守護王国の国王。
家族想いで、
強いカリスマ性を持つ。
リッチ
二百年前に死亡し
アンデッド化した青年。
王都にある幽霊屋敷に
住み続けている。
シャルルル
ランチア守護王国の王女。
刺客の襲撃《しゅうげき》に遭《あ》うも、
フィガロに命を救われる。

「シャルルヴィル王女様はどちらに！　ドライゼン王の勅命《ちょくめい》により、王女様の引き取りに参った次第《しだい》！　誰《たれ》かあるか！」

アンデッドがランチア守護王国の王都を襲撃《しゅうげき》するという、未曾有《みぞう》の大事件が起きた翌日。

俺――フィガロはようやく戦いを終えて、王女シャルルが待つ歓楽街《かんらくがい》の店、トワイライトに戻って休もうとした。

しかしそのタイミングで、書状を携《たずさ》えた兵が一人、店先で大声を上げた。声量が大きすぎて、周囲に丸聞こえである。

いくら事件が終息《しゅうそく》したと言っても、シャルルを狙《ねら》う輩《やから》が居なくなったワケじゃない。どこに潜《ひそ》んでいるかも分からないのに不用心すぎるだろう。

「はいはい！　ごめんなさい！　お迎《むか》えご苦労さまです！　あ！　タウルスじゃない！　貴方《あなた》も来てくれたのね！　ご苦労さま！」

「ほっほ。ご無事で何よりです」

シャルル専属の執事《しつじ》で、近衛《このえ》でもあるタウルスが、燕尾服《えんびふく》を着て馬車の横に控《ひか》えている。

この人も柔和《にゅうわ》な顔をしているが、かなり強いという話だ。

出迎えたタウルスへ手を振り、兵の対応をするシャルル。口を開きかけた兵の唇《くちびる》に人差し指を押し当て、ウインクをして黙《だま》らせた。

それだけで兵の顔は赤く染《そ》まり、初めてキスをされた女子のように、手で唇を押さえていた。

ま、シャルルは可愛《かわい》いからな。当然の反応だと思う。

「じゃあねみんな！　今度王宮に遊びに来てよ？　美味《おい》しいお菓子を用意するわ！」

「そりゃ無理な話だよ。一般市民がおいそれと王女に会いに行けたら苦労しないって」

店先で俺の横に控えていたコブラと握手《あくしゅ》をするシャルルに、俺は答えた。

闇組織アジダハーカのボス、ハインケルは悪の親玉だけあり、兵に面が割れている可能性もあるので、見送りには来ていない。アルピナも床に伏《ふ》せているので、店先に出ているのは俺とコブラとトワイライトの従業員の皆さんだ。

「それもそうね。残念。さ、早くフィガロも乗って」

「えっ⁉　いやいや！　俺は後で行くよ！　色々とやらなきゃいけないこともあるし！」

停まっていた馬車に乗り込み、手を差し出してくるシャルルの誘いをやんわりと断《ことわ》った。

「分かったわ！　じゃあその時は、クーガに乗って来るといいわ。兵達にはクーガの姿形を伝えておく。大きな狼に乗った少年が来たら私とお父様に知らせるように、ってね。そうすれば面倒臭い手続きとかも無いはずよ！」

「えええ……マジかよ……」

「うん、大マジよ？　それじゃ待ってるからね！」

「ではフィガロ様、私もこれにて失礼いたします。この度《たび》は誠にありがとうございました」

朗《ほが》らかに言い切り、これ以上反論はさせないとばかりに、シャルルはさっさと馬車の扉を閉めてしまった。

タウルスは御者《ぎょしゃ》の席に座り、手綱《たづな》をピシリと打つ。

それを合図として馬車はゆっくりと走り出し、蹄鉄《ていてつ》の音が遠ざかるのを聞きながら、俺は深くため息をついたのだった。

「行ったか？」

「はい」

「あの子、ホントに王女様だったのね」

扉の後ろに隠《かく》れていたハインケルが顔を出し、上位個体のヴァンパイアであるコルネットもつられて顔を出す。

「とりあえず俺達は帰るぜ。コルネットは俺の家で預かる事にした」

「分かりました」

片手をコルネットの上に置き、もう片方の手で自分の後頭部をガシガシと掻《か》きながら、ハインケルが言った。

一応事件は終わりを迎えたが、行方《ゆくえ》不明のデビルジェネラルの動向が気がかりである。アエーシェマが滅《ほろ》びた今、配下であるデビルジェネラルがどう出てくるのかが分からない。

「考えても分からないものは分からないし、とりあえずアルピナさんと話してからだな」

「アタシはもう平気よぉ？　トワイライトの子達がいるし、フィガロちゃんはフィガロちゃんでやりたい事あるんでしょ？」

唐突《とうとつ》に背後からアルピナの声がした。

振り向くと、従業員に肩を借りながら歩いてくるアルピナが居た。

「アルピナさん！　動いて大丈夫なんですか⁉」

「魔力プールマックスとは言えないけど、皆から魔力をもらったからね。ぐうたら寝てるわけにもいかないのよぅ」

「分かりました。でも決して無理はしないでくださいね」

俺の言葉に対し、弱々しくサムズアップで応《こた》えたアルピナは、地下へ向かっていった。

幽霊屋敷の地下にいた司祭を衛兵《えいへい》に引き渡したコブラから、衛兵達は数日の内に屋敷の調査に入るとの情報も聞いている。

あの屋敷にあった黒剣はアエーシェマと共に無くなってしまった。だが屋敷には呪いが掛かっているかも知れないので、捜査《そうさ》に入る衛兵達が少し心配だ。

先に入って色々調《しら》べるのもアリかな？

「そこら辺も、ドライゼン王と話す必要があるよな」

ボロボロになった自分の衣服を見つつ嘆息《たんそく》する。

ドライゼン王から顔を出せと厳命《げんめい》されているが、こんな格好では行くに行けない。

王宮へ向かうのは明日にしようと思う。

一国の王に謁見《えっけん》するのだ、小綺麗《こぎれい》にしとかないと駄目《だめ》だろうしな。

それに昨日から夜通し動いていて一睡《いっすい》もしていないのだ。正直眠《しょうじきねむ》くて仕方が無い。

「もうひと踏《ふ》ん張りして、ルシオさんの所に行こっかな。剣も出来てるだろうし」

ハインケルとコルネットを裏口から送り出し、軽めの昼食を取った後、タルタロス防具店に行くために、トワイライトの皆から服を借りようとしたのだが……。

「あの、どうしてこんなフリフリなんですかね？」

「だぁってフィガロちゃんのお顔かわゆいんだもーん。どうせならメイクとかしちゃう？　世界が変わるわよ？」

「私は一応男なので！　化粧《けしょう》は結構です！」

「ほらほら！　このスカートなんて似合いそうじゃない？　穿《は》きましょ穿きましょ！」

「スカートなんて穿きませんって！　普通の！　普通のズボンとシャツは無いんですか！」

着せ替え人形で遊ぶような勢いで、様々な衣服を持ち寄るトワイライトの皆様。

その中にまともな服は一つもなかった。

これでもかと言わんばかりのフリフリが付いたワンピース、お尻がはみ出そうなぐらいギリギリの長さの短パン、大きな花柄のドレスシャツやボタンの付いていない真っ赤《まっか》なワイシャツ……。

男であり女であるこの人達の、ファッションセンスを疑《うたが》わざるを得ない物ばかり出てくる。

やっとこさネイビーブルーの長ズボンとミルク色の貫頭衣《かんとうい》をゲットし、逃げるようにトワイライトを後にしたのだった。

◇　◇　◇

結局なんやかんやあって街へ繰《く》り出したのは夕方近く。

もうすぐ空が茜《あかね》色に染まり始める頃だったが、街は活気で溢《あふ》れていた。

「住人達に真実は知らされていないんだろうな」

飲食店や屋台からはいい香りが漂《ただよ》い、無遠慮《ぶえんりょ》に俺の鼻腔《びこう》に入り込んで来る。

先ほど軽めの昼食を取ったばかりだというのに、腹の虫がクルクルと鳴る。

帰りに何か買っていこうと心に決め、タルタロス防具店へと足を早める。

青果店《せいかてん》や魚屋、肉屋の店先では、買い物に来た近所の奥様方が井戸端《いどばた》会議を開いている。耳に入る会話から察するに、やはり昨日の出来事は徹底的《てっていてき》に情報操作《そうさ》が行われているらしく、アンデッドのアの字も出ていなかった。

やぁね、やぁね、と口癖《くちぐせ》のように繰り返す奥様方を横目に、タルタロス防具店の扉を開けてルシオを探した。

「こんにちは。昨日は大変でしたね。お元気そうで何よりです」

武具の在庫確認をしていたのか、棚《たな》を見つつ手元の用紙に何か書き込んでいたルシオに声をかける。

「これはこれはフィガロさん、大変なのはお互い様です。そんな事より例の品物、出来ております。あちらの部屋でお待ちください」

「本当ですか！　どんな剣なのかと胸を高鳴らせておりました」

爽《さわ》やかな笑《え》みを浮かべるルシオと軽く挨拶《あいさつ》を交わし、取引部屋へと移動する。

提供されたお茶を飲みつつ部屋で待っていると、大きな桐箱《きりばこ》を持ったルシオが現れた。

ショートソードだと聞いていたのだが……あの箱はノーマルソードぐらいの大きさはある。

ショートソードの場合だと、最長でも刃渡り六十センチぐらいが妥当《だとう》なはずなんだが……。

「ルシオさん、これは……」

「ふふふ……」

怪《あや》しげな笑みを浮かべるルシオは、質問に答える代わりに箱をゆっくりと開ける。

箱の中にはファルシオンソードのような刀身をした白銀の剣が二振り納められていた。

「今回はフィガロさんから受け取ったインゴットを使い、新しい製法にて鍛造《たんぞう》してみました。持ってみれば分かりますが、この剣は普通の剣じゃありません」

「でも、見た目はファルシオンですよね……あれ？　この溝《みぞ》は……？」

直刃の刀身で幅《はば》は十センチほど。刃は約八十センチ程度で僅《わず》かに弧《こ》を描《えが》いているのだが、刃の反対側《がわ》の棟《むね》と呼ばれる部分が櫛《くし》のような鋸《のこぎり》のような形状になっていて、溝部分は三センチほどの深さがある。

大きめの鍔《つば》が付き、柄《つか》はなめし革が編《あ》むように巻かれただけのシンプルな作りで、柄頭《つかがしら》には正十二面体に加工された金属が使用されている。

「この溝は相手の剣やモンスターの爪などを受け止める事が可能です。大型の剣は難《むずか》しいですが、大抵の剣であれば対処できます。溝に嵌《は》まれば上に引き上げないと抜けませんので、相手のテンポロスも狙えますし、上手《うま》くやれば相手の武器を破壊する事も出来ます。作りに関してなのですが、いただいたプラチナミスリルは、新しい試《こころ》みである積層《せきそう》打《う》ちで何度も何度も伸《の》ばしては折り重《かさ》ねて叩き上げ、不純物《ふじゅんぶつ》を徹底的に追い出し、さらに通常の水焼きと呼ばれる工程を、特殊《とくしゅ》な油に漬《つ》け込む油焼きという、新しい方法に変更しております。油焼きをする事で柔軟性《じゅうなんせい》のある鋼組織が出来上がり、錆《さ》びや劣化《れっか》、刃こぼれに強い性質を引き出します。加えて、叩き上げたプラチナミスリルを基《もと》に、二種の金属を薄く重ねて鍛造しました。これでミスリルの弱みである、硬《かた》さ不足もカバーしてあります。あぁ、ちなみに二つの金属もミスリルに馴染《なじ》みやすい種類を使用していますので、武器強化の魔法などもよく効果が出る事でしょう」

「な、なるほどぅ……」

熱く語るルシオの説明を聞きながら剣を手に取る。

柄を掴《つか》むと、手に吸着するかのようなフィット具合に軽く驚《おどろ》きを感じた。

だが驚くのはまだ早かった。持ち上げた瞬間に重みをほとんど感じないのだ。

この大きさであれば、少なくとも一キロから二キロほどの重さがあって当然である。

剣は刀身の重みを利用した加速で叩き斬《き》るのが普通で、重みがないというのは……。

「振ってみますか？」

「いいんですか？」

「構いません」

ルシオの言葉に甘えて部屋の隅《すみ》へ行き、数度素振《すぶ》りをする。

剣ではあり得ない、小枝を振った時のような風を切る音がピュンピュンと鳴る。本当に軽い。

二本で一本分の重みと言っても過言《かごん》ではない。

軽さに気を良くし、振る速度を少しずつ上げていくと、しばらくしてルシオからストップがかかった。

「ちょ！　ちょっとフィガロさん！　すごい……まさかこれ程《ほど》とは」

そう呟《つぶや》くルシオの視線は剣ではなく部屋の反対側の壁《かべ》に注がれており、つられて見てみると……。

「え……？　なんですかこれ」

その壁の一箇所《いっかしょ》だけに、ズタズタに斬り付けられたような跡《あと》が出来ている。

「真空刃《しんくうじん》……風撃衝《ふうげきしょう》……閃刃《せんじん》、などと呼ばれておりますが、超高速で振った武器から発する見えない斬撃《ざんげき》、といった所です。ヴェイロン皇国の剣聖《けんせい》が使用したという話は聞いた事がありますが……それ以外で確認された事象《じしょう》はありません。似たようなものに風魔法の【ウインドカッター】がありますが……それとは速度も威力《いりょく》も段違い、剣聖の放つ斬撃は数メートル先の合金板をも叩き斬ると言われています。フィガロさんの斬撃はそれほどの威力ではありませんが、いずれは剣聖と同じ頂《いただ》きに……」

「ほ、ほぉん……」

壁に出来た傷痕を撫《な》でながら感心したように話すルシオだが、俺の兄がその剣聖だとは夢にも思わないだろうな。

稽古《けいこ》を受けていた時はそんな斬撃など食《く》らった事は無いので、兄はやはり手加減していたのだな。

今の俺の体はマナアクセラレーションによって常時身体強化されている状態であり、振った剣は規格外《きかくがい》に軽い。二つの理由が合わさった事により、兄と似たような芸当が出来たのかも知れない。

「従来《じゅうらい》の剣は鎧《よろい》しかり魔物の皮しかり、叩き斬る事をメインに鍛造されております。鋭《するど》さよりも頑丈《がんじょう》さに重きが置かれております。このような軽い剣は他に存在しない世界で唯一の剣でしょう。ですが新しい試みにより頑丈さは折り紙付きです、どうかお納めください」

「ありがとうございます。大事にします！」

ルシオと固い握手を交わし、修理やメンテナンスなどの細かい説明を聞いた後、タルタロス防具店を出た。

太陽はやや沈《しず》みかけており、空は綺麗《きれい》な茜色に染まっている。

帰る途中に閉店間際の屋台で鳥の串焼きを一ダース買い、外出ついでにしばらく街の空気を感じたくなって、当てもなく街中をうろつく。

街は喧騒《けんそう》に溢れてはいるが、店じまいをする所が増えてきている。この後は仕事終わりの仲間と卓を囲んで酒やらなんやらで楽しむのだろう。

歩きながら串焼きを三本ほど平《たい》らげた所で、ふと見覚えのある場所へ来ているのに気付いた。

「ここ……幽霊屋敷じゃないか……」

見れば屋敷の周りにはロープが張り巡《めぐ》らされており、立ち入り禁止の札が掛かっている。門の前に衛兵が二人立っており、チラチラと屋敷の方へ目をやっている。

「あのー、すみません。ここって捜査が入るんですか？」

衛兵は全意識を屋敷へと向けていたらしく、声をかけると見た目でも分かるほどビクリと肩を震《ふる》わせて俺を見た。

「あ、あぁ、そうだよ。なんでもこの屋敷の地下で凶悪《きょうあく》な事件が起きたらしくてな、人体実験や邪教《じゃきょう》のアジトだって話もある」

「へぇ……衛兵さんは入ってないのですか？」

「俺達は警備《けいび》担当だからな。現場検証《けんしょう》は明日からだ。けどこんな薄気味悪い屋敷が事件現場だなんて、検証担当じゃなくて良かったよ」

「ちげぇねぇ」

二人の衛兵がクックッと笑い合うのを見ていると、ふと上からの視線に気付き、目だけをその方向に向けた。

屋敷の三階部分にある丸窓、そこに一瞬だが人の姿が見えた。開いてもいない丸窓に付いたカーテンが、ヒラヒラと動いている。

誰かいるのだろうか？

「どうした？」

「……いえ、何でもありません。お勤《つと》め頑張《がんば》ってください、失礼します」

俺が違う所を見ている事に気付いた衛兵が、不思議そうに声をかけてきたのだが、それとなく話を終わらせた。薄暗い事もあり、きっと気のせいだろう。

街をうろつくのもいいが、ついでに剣の試《ため》し斬りをしようと思い付いた。

その前に、冷めてしまったが城壁《じょうへき》の外でのんびり景色を眺《なが》めながら串焼きを楽しもう。

日が沈む速度を考えると、急がなければ夜になってしまう。城壁の外は街道《かいどう》沿《ぞ》いにこそ点々とした明かりがあるが、それ以外は草原や林が広がっているため、夜になれば景色はほぼ漆黒《しっこく》に変わる。

足に力を込めてジャンプし、並んでいる住居の壁を使い三角飛びをして屋根へと上がる。

「んー、風が気持ちいいねぇ」

駆《か》け足で屋根を伝い、頬《ほお》を撫でる風の優《やさ》しさに思わず深呼吸をする。

俺は黄昏時《たそがれどき》の、この何とも言えない空気がとても好きなのだ。

「ここら辺でいいかな」

城壁から離《はな》れる事一キロ地点の林に到着。剥《む》き出しの岩に腰を下ろし、冷めてしまった串焼きを頬張《ほおば》る。

この串焼きは香辛料がたっぷり利《き》いた、ランチア市民のソウルフードなのだと屋台のおっちゃんに聞いた。鳥以外にも牛、豚、羊、ミンチ肉、魚、貝、野菜など様々な種類があったのだが、一番人気《にんき》の鳥にしてみたのだ。

「うん！　冷めてても美味しいや！　こりゃあと一ダースくらい買えば良かったかな」

あっという間に全《すべ》ての串焼きを食べ切り、物足《ものた》りなさを感じつつ、剣の桐箱を開く。

刀身は黄昏の光を浴《あ》びて怪しく煌《きら》めいている。

「名前、決めたいなぁ……かっこいいやつ……軽いから……フェアリーソード……いやいや乙女《おとめ》か俺は……んー……」

剣を取っては置いて取っては置いてを繰り返し、剣から早く決めろよと突《つ》っ込《こ》まれそうなぐらいに頭を抱《かか》えている。

自慢じゃないが、俺はネーミングセンスが壊滅的《かいめつてき》だと自負《じふ》している。なんせクーガだって、腹を空《す》かして牙を剥いていた狼だから空牙なのだ。

「あ」

ピーンと来た。

見えない斬撃を飛ばす剣、スーパーインビジブルスラッシュソードなんてどうだ？

……長いな……。

「振ってれば閃《ひらめ》くだろ」

二振りの剣を持ち、構えを模索《もさく》。

いい塩梅《あんばい》に立ち位置と構えが決まった所で、林の奥へ向かって強めに剣を振る。右、左、クロスさせて二撃同時。

キュン、キュン、と明らかに剣が鳴らさない音を鳴らして振り続ける。

林の奥はあまり光が届かないらしく、黄昏時だというのに暗くて全く見えない。

目に見える範囲の木の枝に向けて斬撃を放てば、音もなく枝は寸断《すんだん》されて地に落ちる。

これは高い木の手入れをする時に便利だな……。時折林の奥からドサリドサリと音がするが、奥の太い枝でも落ちたのだろうか。

そんな事を考えながら剣速を上げていく。

周囲の落ち葉が剣の風圧に呑《の》まれて巻き上がる。

巻き上がった落ち葉をざっと確認し、切り落とす勢いで両手を振るう。

ひとしきり動いた後、大きく息を吐《は》き出して背中に付けた鞘《さや》に剣を収める。

「うん。いい感じだ」

額《ひたい》に浮かぶ汗を拭《ぬぐ》いながら地面を見る。

体捌《たいさば》きによる足跡《あしあと》が綺麗な円を描いている。

その周囲には、半分に割られた落ち葉が数十枚とそのままの姿の落ち葉が無数にある。

俺の実力ではこれぐらいが限界かな。あまり速く振りすぎると、遠心力で体が持っていかれそうになるのでそこは要練習だ。

やがて日は沈み、遠くに見える城壁に明かりが灯《とも》り始めたのを合図に、俺はその場を後にしたのだった。

◇　◇　◇

翌日、服を新調《しんちょう》し、お昼時の道を王宮に向けてテクテクと歩いていると、井戸端会議中の奥様方の声が聞こえてきた。

その内容はほとんどがご近所付き合いの話だったり、物価の話や噂《うわさ》話だったりするのだが、チラホラと意外な話も混じっていたりするので、案外聞き逃せないものなのだ。

「やぁね」「ほんとやぁね」と、もはや一種の挨拶なのでは？　と疑いたくなるほど同じ言葉を繰り返す奥様方。

なんでも近所の林に、ゴブリンやトロールの屍《しかばね》がたくさん転《ころ》がっていたらしい。

「兵士達は何してるのかしらねぇ」

「ほんとねぇ、やぁねぇ」

見つけたのは隣《となり》町から来た、駆け出しの冒険者パーティらしい。

冒険者達は自由の民だ。国に縛《しば》られない根無《ねな》し草の放浪者。

この世界はとても広い。

未開の地が多数存在している事が、それを証明している。

スリルを求める者、迷宮《ラビリンス》を踏破《とうは》しようとする者、遺跡《いせき》に残された宝で一攫千金《いっかくせんきん》を狙う者、秘境《ひきょう》の謎《なぞ》を解《と》き明かしたい者。

人が冒険者になりたい理由は様々だ。国に守られていない分、国からの保護や恩恵《おんけい》はあまり受けられないし、常に命の危険と隣り合わせ。

しかしそれでも冒険者を目指す若者は多いのだ。

正直、俺も憧《あこが》れていた時期がある。

旅をしながら世界中を見て回りたい、古代遺跡や世界的な遺産《いさん》なども実際に見てみたい、と世界のガイドブックを見ながら幼心《おさなごころ》に思ったものだ。

当時は、魔法を使えない欠陥品《けっかんひん》の体を嘆《なげ》いた事もあったが、今は違う。自分の足でどこへでも行けるし、危険に立ち向かう力も身に付けた。

「実力はまだまだだけどなー」

今度落ち着いたら皆に相談してみようか。

海にも行きたいし、山にも……山はいいや。有名な観光地は近い所だとどこなのだろう？

「っとそうだ。クーガに乗って来いって言われてたんだ、出て来いクーガ」

王宮の手前にある巨大な跳《は》ね橋に辿《たど》り着いた所で、シャルルの言葉を思い出してクーガを呼び出す。

俺の呼び掛けに応え、背後の影が立体的に膨《ふく》らみ、中にいたクーガがゆっくりと出てきた。

『はいマスター！　どうしましたか！』

「ここからはクーガに乗って行く。ゆっくり歩いて行くんだぞ？　走ったら皆びっくりするからな」

『御意《ぎょい》っ！』

巨大な跳ね橋をテクテクと歩くクーガ。

クーガには鞍《くら》も何も付けていないため、両足でクーガの胴体を挟《はさ》み、背中の体毛を手綱《たづな》代わりにしている。

クーガは胸を張り、顎《あご》を引いて、馬のような足取りで進んでいく。

堀《ほり》の水面が風に揺《ゆ》られ、周囲の木々が葉を擦《こす》り合わせる音が聞こえてきた。

軽く緊張《きんちょう》している心が少しだけ軽くなる。自然の音にはリラクゼーション効果がある、というのは本当なのかも知れない。

「こんにちは、通っても大丈夫ですか？」

跳ね橋を渡り切った所にある衛兵の詰所《つめしょ》へ顔を出し、挨拶をして一応許可を取る。

「あぁ……あ、あんたは？　あ、いや！　貴方《あなた》がフィガロ様ですか？　お話は聞いております、どうぞお進みください」

「ありがとうございます」

事務仕事をしていたと見られる衛兵はクーガに驚いたものの、ちゃんと話が通っているようで、すんなりと進む事が出来た。

視線を感じて振り向くと、詰所に居た衛兵が出てきて敬礼《けいれい》をしている。視線を前に向けても誰も居ない。

「やっぱりあの敬礼って俺に対してだよなぁ……」

『マスターはすごい人ですからね。当然の行為であると私は思っていますよ』

詰所を過ぎ、門をくぐり、中庭へと通じる道を進む。

道は石畳《いしだたみ》で造《つく》られており、隙間《すきま》をきちんと砕石《さいせき》で埋《う》めていて、雑草の『ざ』の字も無い。路肩《ろかた》を彩《いろど》る鮮《あざ》やかな花々は瑞々《みずみず》しく、蝶《ちょう》が舞っている。花々の隙間には害虫よけの効果があるハーブが植えてあり、そのハーブの香りも実に爽やかだ。

花から飛んできた黒と青の模様《もよう》の蝶が、ひらひらとクーガの鼻に止まった。

蝶に気付いて歩みを止めたクーガは、鼻をスンスンと鳴らして蝶の匂いを嗅《か》いでいる。

蝶の脚がくすぐったかったのか、大きなくしゃみを一つすると、蝶はどこかへと飛んで行ってしまった。

長閑《のどか》な雰囲気《ふんいき》を全身で味わっていると、王宮へ入る大きな扉が開き始めた。

扉が開き切ると、中から軽装の兵士達が出て来て二列に並び、一番最後に先日シャルルを迎えに来たタウルスが現れた。

兵士達もタウルスも、クーガの姿を見て目を丸くしている。

一応クーガは魔獣《まじゅう》なのだが、兵士達には俺の使役《しえき》する召喚獣《しょうかんじゅう》だと認識されているっぽいので、危険は無い。

でも二メートルを超《こ》える大きな狼がノシノシ歩いてくるのは、傍《はた》から見ても結構迫力《はくりょく》がある。

ていうか、絶対にクーガは成長したと思うのだ。

少なくとも全体的に一回りは大きくなっていると思う。魔獣としては小柄な部類に入るクーガだが、成長したとしてもおかしくは無い。

「お待ちしておりました、フィガロ様。王様と王女様が首を長くしていらっしゃいますよ」

「こんにちはタウルスさん。出迎えありがとうございます。改めて緊張しますね、はは……」

クーガから降りてクーガを影の中へ戻す。

敬礼を続けている兵士達の間を抜け、タウルスに先導されるまま王宮へと入った。

背後からヒソヒソ声が聞こえてくる。

「あれがアンデッドの親玉を倒したって人か？」

「フィガロという家名もない奴らしいぞ」

「大して強そうに見えないんだけど……」

「バカヤロ！　殺されるぞ！　俺は見たんだ、親玉と肉弾戦で張り合うあの人をな！　お前が百人居ても勝てないぞ」

もう少し聞いていたかったが、タウルスがさっさと行ってしまうので仕方なく諦《あきら》めた。

タウルスの後に続き、玉座《ぎょくざ》の間へ通された。

二度目の来訪になる玉座の間だが、二度目でも圧倒《あっとう》される荘厳《そうごん》さだ。

以前と違うのは、玉座へと続く赤絨毯《あかじゅうたん》の左右に、フルプレートの甲冑《かっちゅう》を着けた兵士が向かい合ってずらりと並び、抜き放った剣を交互に合わせてアーチを作っている事だ。

「お進みください、ドライゼン王陛下とシャルルヴィル王女殿下《でんか》がお待ちです」

タウルスに促《うなが》され、一歩ずつ前へと進む。

呑み込んだ生唾《なまつば》のゴクリ、という音がやけに響《ひび》く。

剣をイメージして背筋《せすじ》を伸ばし、顎を引き、拳を握《にぎ》り締《し》めて進む。

玉座の周りには幹部《かんぶ》達が並び、それ以外に他の兵とは違う甲冑を着けた騎士達、数十人の魔導師の姿も確認できる。

あれが宮廷魔導師様なのだろうか。確実に以前よりも人が多い。

前を見ると、玉座に座る二人の姿が目に入る。

二人とも微笑《ほほえ》みを浮かべて待っている。

あれ……？　あの人は居ないのかな。

居てもおかしくない人物がこの場に居ない事を不思議に思っていた所……。

「待っておったぞうフィガロよ！」

「やっほー！　昨日ぶりね！」

友人にでも語りかけるかのような砕《くだ》けた口調《くちょう》で話す二人に少し驚きながら跪《ひざまず》く。

「招致《しょうち》に応じ、不肖《ふしょう》フィガロ、只今《ただいま》参上いたしました」

片膝をつき、左手を腰の後ろへ、右手を胸の前に当て四十五度の礼をする。

「そんな堅苦《かたくる》しく喋《しゃべ》るでないぞ。なんだか他人行儀《ぎょうぎ》すぎる。もっと緩《ゆる》くてよいぞ？」

「そうよ？　お父様もこう言ってるんだし、リラックスリラックス」

「ええ……いいんですか……少なからず兵や幹部様など皆様方も居《お》られますし……というかあの方はもう発《た》たれたのですか？」

「誰の事だ？」

俺の質問に首を傾《かし》げるドライゼン王とシャルル。

「ベネリ様です。ドライゼン王の弟君であるあの方は……？　一言お礼が言いたかったのですが」

「ベネリだと？　奴は自領の田畑の拡大やら、伯爵家《はくしゃくけ》との共同事業やら何やらで忙しい。ここ半年はそっちに従事《じゅうじ》しておる。今も自領でせかせかしとるよ」

「えっ？　でもアンデッド事件の際に、ベネリ様と名乗る方からシャルルが囚《とら》われている隠し部屋の事を教えてもらって……そのおかげでシャルルを助けられたんですが……」

ドライゼン王の頭上にはクエスチョンマークがたくさん浮かんでいる。なんだか話が噛《か》み合っていない。

「ねえ、ベネリ叔父《おじ》様のお姿は覚えてる？」

小首を傾げながらシャルルが言った。

「うん。白銀の甲冑を身に着けてて……赤と金のオッドアイだったな。ハンサムな人だったよ。歳《とし》の割に若々しくて、綺麗な顔をしていたのが印象的だったな」

シャルルにそう答えた瞬間、周囲の空気が凍《こお》った気がした。ドライゼン王の表情には困惑、シャルルの表情には驚愕《きょうがく》の色が出ていた。

「えと、あの……どうかされましたか？」

「ベネリは……白銀の甲冑など持ってはおらんし、目の色も茶色だ……そして頬には大きな傷がある」

「オッドアイって……まさか……」

今度は二人の言葉に俺が驚く番だった。

周囲に控えていた幹部達も驚きを隠せず、ヒソヒソと話をしている。

「じ、じゃあ私が見た方はどなたでしょうか……」

「いい？　フィガロ。現在、この王宮に仕《つか》えている人物でオッドアイを持つ者は一人も居ないわ。そして白銀の甲冑は、王宮の宝物庫で厳重《げんじゅう》な管理の下《もと》眠っているの」

「そして、オッドアイを持ち、白銀甲冑を身に着けていたのは過去ただ一人。流行病《はやりやまい》にかかり若くして亡くなった……スリーピンググライオンハートと呼ばれた四百年前の賢王《けんおう》だけだ」

ドライゼン王の言葉を受けて、背筋にうすら寒いものが走った。

ちょっと意味が分からない。じゃあ何か？　俺が見たのは幻？　というより亡霊《ぼうれい》？　幽霊？　えっえっ何それ怖《こわ》い。

確かにあの時、少し違和感《いわかん》を覚えたのは確かだ。

窓を割って入った直後、ベネリは俺の斜《なな》め後ろに立っていたのだ。

そう、俺と窓の間に、である。

あの時は急いでおり興奮《こうふん》状態にあったし、見つかったという事実にパニくっていた。

だが広い王宮の中、なぜシャルルがあの部屋に居ると知っていたのか、あの場所しかない、と断言《だんげん》できたのか。思い返せば不自然な点が幾《いく》つも出てくる。

冷や汗が浮き出てくるのを感じながら、王の語りに耳を傾《かたむ》ける。

「かの賢王は、齢《よわい》二十五という若さで王位を継《つ》いだ。優しくも厳《きび》しい王だったという。戦時には猛《たけ》る獅子《しし》のように兵を鼓舞《こぶ》し、前線で守護を務《つと》めたらしいのだ。だが……三十の齢にて、罹患《りかん》すれば必ず死ぬと言われた【赤腐《せきふ》】という流行病にかかり……隔離《かくり》された部屋でその生涯《しょうがい》を終えた。賢王の亡くなった部屋の前には、眠れる獅子像が置かれているのだよ」

「オッドアイっていうのはね、ランチアの家系では最強最硬《さいこう》と呼ばれる力の持ち主だけに発現する、伝説的な特徴《とくちょう》の一つなの」

開いた口が塞《ふさ》がらないとはこの事だろうか。

何か言おうとしても喉《のど》が張り付いて声が出ない。

心臓が早鐘《はやがね》のような速度で鳴っている。

シャルルが連《つ》れ込まれたあの部屋は、四百年前の賢王が生涯を終えた場所だったという事だ。

「きっと……ご先祖様が助けてくださったのね……」

感極《かんきわ》まったのか、シャルルは大粒《おおつぶ》の涙をポロポロと零《こぼ》している。

「そうかも知れんな……」

なんだか美談《びだん》みたいに纏《まと》まりそうではあるが……完全なる部外者としては恐怖のハテナ状態である。

過去の亡霊が長い時を経《へ》て蘇《よみがえ》ったりするのだろうか？　なぜあのタイミングで現れたのだろうか？

なぜ俺の事を知っていたのだろうか？　色々考えると謎が尽きない。

少しだけ俺の中の探究心《たんきゅうしん》が刺激された瞬間だった。

◇　◇　◇

玉座の間の一件から三十分後、食事を用意させるという話になり、客間で待っている間にクライシスへ連絡を取った。

数週間ぶりに魔道具のウィスパーリングを起動させる。

「お久しぶりですクライシス。元気ですか？」

「んお、久しぶりだなあ！　随分《ずいぶん》楽しそうな事があったみてーじゃん！」

「知ってたんですか⁉　なら何で手伝ってくれなかったんですか！　大変だったんですよ！」

「基本的に俺は俗世《ぞくせ》と関わらねーんだよ。俺が出しゃばって事件を解決してみろ。結局俺に、おんぶにだっこじゃねぇか。んなもん成長の阻害《そがい》だ。俺が関わるのは災厄《さいやく》級の何かが起きたり、大災害だったりっつー事案だけ。なるべく関わりたくは無いがね」

「ぐぬう……」

クライシスの言い分も一理ある。

だが、アンデッドの大群《たいぐん》が押し寄せるのは大災害レベルじゃなかろうか。

そう伝えると「そうかも知れない、だがあれはお前への試練だったのだ。決してめんどくさかったからでは無い。交友関係を広げ、自分が何をすべきか、というのをだな？」と長い言い訳が始まってしまった。

絶対にめんどくさかっただけだと思うが、確かに成長出来た部分もあるので微妙《びみょう》な反応になってしまった。

「そんな事よりクライシス！　亡霊は存在すると思いますか？　アンデッドではなく、純《じゅん》粋《すい》な人の意思を持った霊体《れいたい》です」

御託《ごたく》を並べるクライシスを強引に遮《さえぎ》り、一番聞きたい事をストレートに聞いてみた。

「んなもん居るに決まってんだろ」

「ですよね。居ませんよね。って、えっ？　居るの⁉」

否定的な言葉が返ってくると思いきや、亡霊肯定《こうてい》の線で返答されたので一瞬戸惑《とまど》ってしまった。

「居るよ。精霊や妖精と似て非なる存在だがな。基本的に人の魂《たましい》や魔力は肉体から離れれば魔素《まそ》へと還元《かんげん》される。だが強い意思を持った魂、悔恨《かいこん》を残した魂は稀《まれ》に現世へと留《とど》まる。ただその分類は精神生命体、霊体と呼ばれる種族へ変異し住処《すみか》を霊質世界へと変える。低位の精霊や妖精はその霊質世界の一番上の部分にいるが、亡霊はそこに仲間入りをする。ちなみに上位精霊や幻獣《げんじゅう》なんかはもっと下の層にいるんだぜ？　霊質世界ってのは複雑《ふくざつ》でな、大きな逆円錐《ぎゃくえんすい》のような構造をしてる。その一番上はこっち側、物質世界と紙一重《かみひとえ》なのさ」

「ほ、ほぉん……て事は、精霊や妖精と同じく亡霊も呼び出す事が可能なのですか？」

あまりよく分かっていないが、分かったフリをして話を促す。

クライシスに分からないと言ったが最後、色々な例や論文など諸説《しょせつ》交えながら、非常に分かりやすく懇々《こんこん》と説明される。

とても有難《ありがた》い事なのだが、時間が無い今は、事実と事例だけを知りたいのだ。

「出来るっちゃ出来る、が成功率はかなり低い。特殊な条件を幾つもクリアしなけりゃ、声を聞く事すら難しいだろうぜ。まぁ稀に条件が揃《そろ》って、フラッとこっちに出てくるヤツらもいる。つーか何でそんなこと聞くんだ？　いつからお前スピリット系の学問に手を出したんだ？」

「私、実は四百年前の亡霊に会ったみたいなんですよ。スリーピングライオンハートと呼ばれた、ランチア歴代《れきだい》の王らしいです」

「なんだって⁉　発症したら数日で死に至《いた》る病《やまい》、【赤腐】にかかりながらも耐え続けた賢王にか⁉」

「説明っぽい反応ありがとうございます。特徴を聞く限りではほぼ当たりですね」

当時の状況などを説明するとクライシスが唸《うな》る。

「ふむ……実に興味深い内容だが……有り得ない話では無いな。上級以上の力を持つ悪魔が顕現《けんげん》しかけていたという事は、レマットの体からは濃厚《のうこう》な魔素が漏《も》れていたはずだ。そして賢王の死んだ部屋、賢王の子孫《しそん》であるシャルルの流した血……そこらを考慮《こうりょ》して考えると当たりだな。その状況と、シャルルの生きたいという気持ちと、お前への想《おも》いが賢王の亡霊を呼び出したんだろ」

「なるほど……害があるわけじゃないんですかね？」

「賢王に限ってそんな事はしないだろーよ。国の守護霊だと思っときゃいーんじゃね？」

「まぁ……そうですね……助けてくれましたし。一言お礼が言いたかっただけなんですよね」

「大丈夫だ、賢王様は分かってるよ」

「はい……」

何となくしんみりとした雰囲気になる。

他にも聞きたい事は山積《やまづ》みだけれど、もう少し自分で調べてみようと思った。

ちょうどその時、客間の扉がノックされ、食事の準備が整《ととの》った事を告《つ》げられた。

「そろそろ行きます。また何かあれば連絡しますね」

「うーい。たまには帰ってこいよー」

クライシスとの会話を終わらせて扉へと向かう。

色々とトラブル続きだったし、多分もう少しバタバタするだろう。

でも今は少しだけゆっくりさせてもらいたいな。

◇　◇　◇

「だから何回も言わせないでちょうだい！」

「そっちこそ！　何で分からないんだよ！」

「ま、まぁまぁ……どっちでもいいじゃないか」

ダイニングテーブルには煌びやかな料理が整然《せいぜん》と並んでおり、果物籠《かご》にはアプリュという赤い果実と、ルーベリーチという薄い紫色の粒《つぶ》が房《ふさ》になっている果実の二つが入っていた。

両方とも王宮の庭で今朝《けさ》採《と》れたばかりの物らしい。

王宮の裏手《うらて》には広めの果樹園とハーブ園が設置されており、料理に使われるハーブと果実の半分はここから賄《まかな》われているそうだ。

既《すで》に食事は始まっており、今は芸術のような前菜をいただきつつ、次の料理を待っている所だ。

一方で、テーブルの上の前菜の一つ、目玉焼きに関する議論が白熱している所でもあった。

塩をかけるのか、ソースをかけるのか、というとても重要な案件である。なぁなぁにしてはならないのだ。

俺は断然《だんぜん》塩派なのだが、シャルルは赤ワインと肉のエキス、たっぷりの野菜と果物を煮《に》詰《つ》めた濃厚なソースであるべき、と言い張るのだ。

ドライゼン王はどちらでもなく、その日の気分でかけるものを決めているらしい。

「ソースなんてかけたら卵の美味しさが消えるじゃないか！　卵への、いや、卵を産む鶏《にわとり》、ひいては鶏を世話している畜産業の方に対する冒涜《ぼうとく》だ！」

「塩をかけた所でしょっぱいだけじゃない！　ソースのあの濃厚な旨《うま》み、そしてソースに絡《から》み合う白身と黄身《きみ》のマリアージュ。繊細《せんさい》な味のハーモニーがどうしてフィガロには分からないの⁉」

鼻息荒《あら》く憤慨《ふんがい》しているシャルルだが、森にいた頃とは大違いである。

森にいた頃は目玉焼きに対して、というより、食事に関しても何に対してもここまで議論する事は無かった。常にどことなく憂《うれ》いを帯《お》びた表情をしていた。

意志は強いのだが、最初はあまり笑う事も無く、今のように抗議《こうぎ》する事も怒る事も無く、どこか諦めたような雰囲気を漂わせていた。

叔父のレマットに命を狙われる、というショッキングな事件があったものの、今のシャルルの瞳には強い光が灯っている。

「何よ、ジロジロ見て。言いたい事があるならハッキリ言えばいいじゃない」

ソースをかけた目玉焼きを、綺麗に切り分けて口へ運んでいたシャルルが手を止めて言った。

尖《とが》らせた唇の横にソースが付いているが、気付いていないらしい。

薄紅色《うすべにいろ》の髪の毛先は緩くカールしており、頭頂部には瞳と同じコバルトブルーの大きなリボンが巻かれている。

肌は透《す》き通るように白く、線は細い。

「いや、元気になって良かったなって思ってさ」

シャルルは一国の王女、外面では年齢以上の振る舞いが求められる存在だ。

俺がシャルルの心境を理解出来るとは思えないが、多少なりとも力になれれば良い。

「そうかな？　でも元気になれたのはきっと、フィガロとクライシスさんのおかげ。本当にありがとう」

小首を傾げて微笑むシャルルを、窓から差し込む陽光が照《て》らす。

キラキラと輝く笑顔がとても眩《まぶ》しい。

「どういたしまして、王女様」

「ファッハッハッ！　私は蚊帳《かや》の外だなぁ！　良い良い、実に青春！」

それまで黙って俺とシャルルのやり取りを見ていたドライゼン王が口を開いた。

カラカラと爽快《そうかい》に笑う王の言葉は少々小《こ》っ恥《ぱ》ずかしい。前回の顔合わせの際に、散々《さんざん》からかわれたのを思い出した。

「して、フィガロよ。五日後に、此度《こたび》の戦いでの表彰《ひょうしょう》を兼《か》ねた祝勝《しゅくしょう》パーティを開く予定なのだが……お主はどうする？　王の身としては是非《ぜひ》とも出て欲しいのだがな」

ドライゼン王の口から出た提案を聞いて、口に含んでいたジュースを思わず噴《ふ》き出しそうになった。

「い、いいえ。今回私は何の関係もありません。ただシャルルを助けただけで被害も大してありませんから、他の方を優先していただければと思います」

「やはりか……まぁそう言うとは思っておったよ。確かに今回の件では、甚大《じんだい》な被害は出なかった。しかしなぁ、恐らくレマットが抱《だ》き込んでいた貴族連中が、色々面倒臭い事を言い出していてな……本来ならお主への褒賞《ほうしょう》として爵位《しゃくい》を与えようかと思ったのだ。だがなぁ」

ふぅ、とため息をついた王は、ゴブレットに注がれたワインをグビリと音を立てて飲み込んで続けた。

「今回の戦い、確かにお主はシャルルを守り切った立役者だ。だがお主の戦いを一部始終《しじゅう》見ていた者が圧倒的に少ないのだよ……城壁から戦いを見ていた者達だけでは他の貴族どもを黙らせる材料にはなり得んのだ……私も見ていたが、お主の戦いぶりは凄《すさ》まじいものだった。しかし、あの戦いの渦中《かちゅう》だ、しっかりとお主の戦闘を見ていた者はやはり限られる」

「私も何とかしたかったんだけど、私に発言権なんて無いから困っちゃうわよ……フィガロはとっても強いのに。何かいい案無いかなーって考えてたけど全然ダメ、私の浅知恵じゃ出てこないわ」

ドライゼン王とシャルルが二人して嘆息する。

その仕草が全く同じで、少し温かい気持ちになった。

確かに爵位をもらえれば、シャルルとの将来性ももっと現実味を帯びてくるはずだ。

ドライゼン王が言いたいのはそういう事だと思う。

ランチアにどのぐらいの貴族が居るかは分からない、けど過半数以上の貴族を納得させなければスムーズにいくとは思えない。

レマットに加担していたという事は、少なからず胸の内に黒いものがあるという事なのだから、ここぞとばかりにドライゼン王を責め立てるだろう。

「爵位の件は置いておきましょう。問題なのは貴族達ですよね？　重箱の隅をつつくような言い分だとは思いますが……ようはその貴族達を黙らせればいい、という事ですよね？」

「まぁ、そういう事になるな。だが、黙らせると言っても中には大物貴族もいるのだ。下級貴族や中級貴族ならともかく、其奴《そやつ》らを黙らせるのは骨が折れる。何か情報があれば違ってくるのだがな」

「ご子息を私の婿《むこ》候補にと言っている貴族も居るわ。でも私の身と心はもうフィガロの物なのに……困っちゃう」

うっとりした目で見つめられても俺だって困っちゃう。

どうしてグイグイ来るんだこの子は。

さり気《げ》なく関係無い話を出すなよ、その話は後だよ後。

「婚約《こんやく》の話もひとまず置いておきましょう。情報源《ソース》には少しコネがあります。もしかしたら、貴族達を黙らせる材料を手に入れられるやもしれません」

「ぶー！」

「ほう……？　いつの間にそんなコネを……ただパーティの話は既に行き渡っておる。会場でごちゃごちゃ言いだす貴族はおらんと思うが……何かあっても困る。そこでだ、お主を給仕役として迎え入れたい。給仕役であれば目立ちもせず会場に入れる。そうすれば、護衛《ごえい》を任《まか》せる事も不可能では無い」

「ええ……わ、分かりました……そこまでお膳立《ぜんだ》てされては断りようがありませんからね」

今回もドライゼン王に上手くしてやられた感があるが、確かに残党《ざんとう》が何かアクションを起こすかも知れない。これは五日後までに、少しでも貴族の情報を手に入れないとだな。

「給仕達には伝えておくので、心配はいらん。してフィガロよ。何か欲しい物は無いか？表向きに褒美《ほうび》は出せんが、ここであれば貴族の目もない。もし欲しい物があるなら言うとよい」

メインの肉料理をナイフで切りながら、ドライゼン王が言った。

すごくざっくばらんな聞き方だが、不思議と嫌な気持ちにはならない。

「そうですね……もしいただけるのであれば……二十七区画にある無人のお屋敷を所望《しょもう》いたします」

その言葉に肉を切るドライゼン王の手が止まり、シャルルも目を剥いてこちらを見ている。

褒美に屋敷をくださいなんて、調子に乗りすぎかな？

「あの呪われた屋敷の事か」

「無理ですよね。すいません、調子に乗りました」

「いや……そうでは無い。長年無人の廃墟《はいきょ》だ。アレを譲《ゆず》った所で私や国の財政は痛くも痒《かゆ》くもない。むしろアレの処分は喜ばしい事でもある。だが良いのか？　あの屋敷の逸話《いつわ》は聞いた事あろう？　住まいが欲しいのであれば他で融通《ゆうずう》出来るのだぞ？」

「え、いいんですか」

もう少し渋《しぶ》い顔をされると思っていたのだが、別の意味であまり乗り気じゃないみたいだ。

確かにあの家は普通じゃない。普通じゃないが、こちらにも普通じゃない人達がいる。

彼等の力を借りれば解決出来そうな気がするんだよな。呪いの謎も色々調べれば分かるかも知れないし。

何よりもあの屋敷は面白《おもしろ》そうなのだ。

なぜ呪いがかけられているのか、過去の逸話はなぜ起こったのか、邪教徒達はなぜあの屋敷の地下に祭壇《さいだん》を作っていたのかなど、興味は尽きない。

それにあの地下室の規模《きぼ》なら、実験場としても使えそうだし、地下室にある隠し通路の先だって知りたい。幽霊屋敷は俺にとっての宝箱なのである。

他に欲しい物がない、というのも理由の一つではあるのだけど。

「うむ……構わんぞ……しつこいようだが本当に良いのか？　地下室では非人道的な行いがあったと報告を受けている。そのような場所をお主に与えるというのは褒美と言えるのか」

「あ、そういうの、私気にしないタイプなんで大丈夫です。もしトラブルがあればご相談させていただきますよ。あとはリフォームの件とか、ね」

二十七区画の端《はし》にある幽霊屋敷だが、実はかなり利便性《りべんせい》が高い場所にあるのが分かったのだ。

トワイライトとは直線道路で繋《つな》がっているし、王宮へのアクセスも良い、街の外へもすぐ出られるし、おまけに商店区画が近いのも良い。

あそこを住処に出来ればトワイライトに居候《いそうろう》する事も無くなるし。

「ふむ……分かった。そこまで言うなら手続きをしておこう。明日にでも不動産の業者が出向くであろう。場所はトワイライトで良いのか？」

「はい、大丈夫です。ご面倒をおかけしますが委細《いさい》よろしく御願いいたします」

話しながらも、テーブルの上の料理が次々と減《へ》っていく。

一国の王と王女と三人で卓を囲むなんて、昔は夢にも思っていなかった。

しかも王が話しているのに食べ続ける俺も相当に無礼《ぶれい》だと思う。

食事のはじめに「一切の遠慮《えんりょ》は無用、家族と思って食せよ」と厳命されていなければ、俺は未だに前菜すら口に入れていないだろう。

家族か……アルウィン家の人達は今頃何をしているのだろうか。

勉学のため、単身王都へ行ったヴァルキュリア姉様はどうしているのだろうか。敵無しの剣聖と謳《うた》われたルシウス兄様は無事なのだろうか。

父様と母様は仲良くやっているのだろうか。

子供の頃、仲良く卓を囲んだ記憶が脳裏《のうり》を過《よぎ》る。

戻れないと分かっていても、いずれは会いに行きたいと思う。

立派になって、自分を誇《ほこ》れるようになったらいつか……という程度の思いなのだけれど。

今の俺を父様は褒《ほ》めてくれるだろうか？　一言二言しか言葉を交わさずに出てきてし

まったのが少しだけ心に引っかかる。

「フィガロどしたの？　暗い顔して」

シャルルがデザートであるケーキの盛《も》り合わせに手を伸ばしながら聞いてくる。

「ん、あぁ。なんでもないよ、少し昔を思い出してた」

フォークに刺したルーベリーチの実を眺めながら答える。

「フィガロの過去か……私も気になるぞ。話せるのなら話して欲しいものだな。シャルルを娶《めと》るのだ、一切の過去を語らないのも、な？」

確かにドライゼン王の言い分は正しい。

逆に今まで聞かれなかったのが不思議と言ってもいいだろう。

だが……父様からはアルウィンの名を出すなと言われている。

アルウィン家とフィガロは何の関係も無いのだ。勘当《かんどう》された事実を話せば、実家を探られる可能性もある。

下手《へた》な話は出来ないし……んー……あの線でいこう。

「まず私に、家族はおりません、私は捨て子でした。ヴェイロン皇国領内にあるサーベイト大森林の中で捨てられていたのを、クライシスという老人に拾われ、今まで育てられて来ました。ですが私は人間として欠陥品だったのです」

テーブルに置かれた空《あ》いた皿を見つめながら、要所要所を端折《はしょ》って俺の体の事、どのようにして魔法を使えるようになったのか、シャルルを助けた経緯《けいい》などを話した。

一通り話し終えて、ふと二人を見ると、なぜか涙目になっていた。

「ぞんなぁ……ぞんなごどっでぇ……じらながっだわああ……」

「大変だったのだな……よし！　今後は私をパパと呼ぶ事を許そう！」

「ぞうよぉぞれがいいわよぉ……ぐずっ」

「いやそれは駄目だと思います」

なし崩《くず》し的にシャルルとの婚姻《こんいん》を取り付けようとするドライゼン王に、それに乗っかってくるシャルル。

ドライゼン王をパパと呼べば義理の父という扱《あつか》いになる。

それは必然的にシャルルとの婚姻を俺が認めるという事。認めたくないわけじゃないが、それは今じゃない。

父といい娘といい、どうしてこうグイグイ来るのだろうか。困ったものだ。

話の内容的に、多少の脚色《きゃくしょく》やフィクションも混ぜてはいるが、九割《く》は真実を話している。

さめざめと涙を流す二人を横目に、窓へと視線を移すと日は暮れ始めている。

そろそろお暇《いとま》させてもらうとするかな。

◇　◇　◇

二人との食事を終えて王宮を後にし、黄昏に染まりかけている市街地を歩く。

会食を終えたら帰るつもりだったが、屋敷がもらえるのならば再度見てみたくなるのは自然な流れだと思う。

碁盤《ごばん》の目のように、百の区画に整備《せいび》されたランチア中央市街地は、大きな曲《ま》がり角の全てに行く先の記載《きさい》された看板が立てられている。

王宮から跳ね橋を抜けると、中央大路と呼ばれる大きな道が一本真《ま》っ直《す》ぐに伸びている。大勢の人や馬車が行き交う道だけあって、道幅《みちはば》はかなり広い。

中央大路を挟んで左右に五区画ずつ、横一列に十区画が並んでいる。

東の端にある第一区画から西端の第十区画までは、貴族達が住まいを構える特級住宅地。東の端に戻り、一列城から離れた十一区画から西端の二十区画までが、上級軍人の人々が住まう区画。

そして、二十一区画から三十区画までが富裕層《ふゆうそう》や豪商《ごうしょう》、役人などが住む上流区画となり、目的の屋敷はその中の、二十七区画にある。

区画を一つ越《こ》えれば中央大路で、比較的近い三十一区画から四十区画までが商店や工房、図書館や学院などが集まる産業区画のため、何かと利便性が良い。

区画はさらに小路で分割され、番地や枝番《えだばん》がナンバリングされていて、その番号で住所の判別を行っている。

「まだ立ち入り禁止か……」

屋敷の前に辿り着いたが、門の周辺にはこの前の衛兵が立っており、正面《しょうめん》から入るのは難しい。

屋敷は高さ三メートルほどの大きな柵《さく》で囲われており、入り口はこの門しかない。

ならば、と隣の家屋の路地《ろじ》へ回り、壁を足場にして柵を飛び越える。

誰かに見られている様子もないので、こっそりと裏手の庭へ回る。

屋敷への出入口を見つけ、ドアノブに手をかける。

ゆっくり回してみると鍵《かぎ》はかかっておらず、小さく開けた扉の隙間から内部へ静かに滑《すべ》り込んだ。

薄暗い室内を抜け、以前探索《たんさく》出来なかった上階への階段を上る。

階段は所々腐食《ふしょく》しており、踏み抜かないよう慎重《しんちょう》に上っていく。

目指すは最上階、そこから順繰りに探索していく予定なのだ。

最上階である三階には、先日見た揺れるカーテンがある。

とりあえず先にそこを見てみようと思う。

三階の廊下《ろうか》は左右に分かれており、それぞれに部屋が二つずつ。

一部屋目、何も無い。

二部屋目、家具に白いシーツがかけられているが、そのどれもが朽《く》ちていて、触《さわ》るだけでパラパラと粉になってしまう。

三部屋目、床板が割れ、二階部分が丸見えになっていて、この部屋にあったであろう家具などの残骸《ざんがい》が階下に散《ち》らばっていた。

四部屋目、確かここが例のカーテンの部屋のはず。扉の前には不自然な量の木の板や木片が散らばっている。

扉に手をかけようとした時、部屋の中からキィ、キィ、とリズミカルに軋《きし》む音が聞こえるのに気付いた。

誰か居るのかも知れないが、人ではないのは確実だ。

なるべく音を立てないよう、ボロボロの扉を静かに開ける。

「なんだ……あれ……」

扉の隙間から覗《のぞ》いてみると、部屋の中央には揺り椅子《いす》が置かれていて、それ以外の家具が見当たらない。

そして揺り椅子の上には、全体的に青い光を纏い、椅子を揺らして外を眺める青年の姿があった。

『やぁ、こんばんは。やはり君か』

「話せるのか」

青年はこちらを向きもせずに口を開いた。

心臓が飛び出そうなぐらい驚いたが、冷静を装《よそお》って切り返す。

『そりゃね。君がこの家に来るのは二回目だろ？　前回は君が地下で暴《あば》れてくれて助かった。あいつら勝手に人の家の地下を改装《かいそう》しちゃうんだもんさ、失礼しちゃうよね』

「全部知ってるのか。お前は……何だ？」

剣に手をかけながらゆっくりと室内へ入っていく。

『僕かい？　僕はこの家の元住人さ。今はリッチになってしまったけどね。ああ、敵対するつもりはないよ。見た感じ君には勝てそうにないし、僕自身、もう疲れてしまった』

そう言うリッチの視線は未だに外へ向いている。

リッチ、上級アンデッドの中のさらに上位種として、モンスター図鑑に名を連《つら》ねる有名なアンデッドだ。

生半可《なまはんか》な魔法は通じず、物理攻撃は完全に無効化する存在。

リッチは光以外の属性であれば、全ての魔法を行使でき、魔法の多重展開もお手の物という恐るべき存在。

そんな存在がなぜ市街地のど真ん中に居座《いすわ》っているのか。

『君は今、なぜこんな所に僕みたいな存在がいるのか、と思っているだろう？』

「まぁ、な。自覚はあるみたいだな」

『簡単に言ってしまうと、この家の呪いは僕のせいなのさ。ちょっと語らせてもらってもいいかい？　なんせ人と話すのは実に二百年振りなんだ』

そう言ってギシリと椅子を軋ませたリッチは、椅子ごとこちらを向いた。

本来白目である部分は黒く染まり、金色の虹彩《こうさい》がキラリと光る。鼻と唇はそげ落ちていて骨や歯が剥き出しになっている。

頭部から首にかけては白骨化しており、ボロ布のような黒いローブの端からは白骨化した四肢《しし》が覗いている。

ローブは経年劣化《けいねんれっか》のためか、違う理由なのかは分からないが全体的に色褪《いろあ》せてしまっている。

『僕は元々この家の次男でさ、僕の親は当時とても有名な豪商だったんだ。長男は父と共に事業に励《はげ》み、父母は僕もそうなるだろうと期待していた。けど僕は違った。商人ではなく魔法を使う職業に就《つ》きたかったのさ、かの有名な十三英雄の一人、絶壁《ぜっぺき》の焔雷帝《えんらいてい》クライスラー・ウインテッドボルトのような偉大《いだい》な魔導師にね』

「クライスラー・ウインテッドボルト……か」

思わず反応してしまったがリッチは聞いていないようだった。

しかしクライスラー・ウインテッドボルトに憧れていて、なぜアンデッドに変異してしまったのだろうか。

『ある日僕は古美術商の所で古い魔導書《グリモワール》を見つけたのさ。二束三文《にそくさんもん》で売られていたそれを、僕はすぐに買い取った。けどそれが事故のきっかけになるんだ……商人としての勉強をせず、魔法の研究ばかり行っていた僕を見かねた父が、ある日、僕をこの部屋に閉じ込めたのさ。扉に板を打ち付けて、ね』

それは酷《ひど》い話だ。

扉の前に散らばっていたあの不自然な量の木の板、あれが打ち付けられていた木材だろう。

『僕は怒った。怒ったし絶望したし悲しんだ。なんで分かってくれないのかと慟哭《どうこく》したよ。悲しみに暮れた僕の手は古い魔導書に伸びていた。魔導書にはある術式が書いてあったんだよ……この屋敷の敷地《しきち》丸々を覆《おお》うほどの広範囲な呪いの術式がね』

「それを……使ったのか」

『そう、僕は使ってしまった。使用者も死に至らしめる禁忌《きんき》の術式だとも知らずにね……呪いの効果で程なくして僕達家族は死んだ。でもその呪いの真骨頂《しんこっちょう》はここからでね、呪いの使用者を死に至らしめただけでなく、永遠の命、アンデッドとしての命を吹き込む邪法だったのさ。呪いは敷地の生命力を強制的に吸い上げ、術者——僕の事だね、に還元する。呪いは敷地内に足を踏み入れた生命体全てに作用する。そして還元した生命力を源《みなもと》に僕はゾンビ、マジックスケルトン、スケルトンソーサラー、カースドマジシャン、そして今から百年前に立派なリッチへと進化を遂《と》げた。馬鹿な話だと笑ってくれて構わない。でも僕はアンデッドになりたかったわけじゃない、人っ子一人入れないこの場所で二百年の間、何もせずただ屋敷を徘徊《はいかい》するだけの日々は僕の心を殺すのに充分だった。だから……君に頼《たの》みがあるのさ』

リッチは椅子から立ち上がり、まるで懇願《こんがん》するような瞳で俺を見た。

「頼み……？」

『そう。君なら叶えてくれる、そう思った。だからお願いだ、僕を……僕を滅ぼしてくれ。少年よ』

◇◇◇

アンデッドとは、生者への妬《ねた》み憎《にく》しみを本能的に抱《いだ》く存在だと言われている。

しかし目の前のリッチは襲《おそ》って来ることも無く、自身を滅ぼしてくれと言う。

「一つ聞かせて欲しいんだけど……なぜこの家から出ようとしない？　別に縛られているわけじゃないんだろ？」

『君の言う通りこの家から出るのは可能だろう。けど僕はリッチだ。ここから出てしまったら生者の敵になってしまう。どういうわけか僕は生者への憎しみや妬みが皆無《かいむ》なのさ。

だが周りはそんな事信じない。徒党《ととう》を組み僕を倒そうとするだろう。そうなればアンデッドと生者の戦いになる』

リッチは懐《ふところ》から古びた魔導書を取り出し、眺めながら続ける。

『リッチになって自分がどういう存在なのかは本能的に分かった。リッチは魔導の探求、知識への渇望《かつぼう》、深淵《しんえん》への到達、生者に対する侮蔑《ぶべつ》感、そういうのが根底にあるし……自身の弱点や耐性なども分かったし、人では使う事が出来ない魔法を使える。使えるのなら使ってみたいと思うのが性《さが》と言うものだろ？』

「戦いになったら大人《おとな》しく討伐《とうばつ》されればいいじゃないか。それじゃ駄目なのか？」

『矛盾《むじゅん》しているのは分かっているよ。けど多分そうなったら僕は本能的に抵抗してしまう。人を殺してしまう。人を殺してしまったら……殺す喜びを知ってしまったら完全にリッチとして覚醒《かくせい》してしまう。分かるんだよ、何となくね』

「人として死にたい、って事か？」

『そうかも知れない。僕はひと時の感情で呪いを使い家族を殺してしまった。それは許されざる行為だ。しかも呪いの影響で、間接的とはいえ、たくさんの人の生を奪《うば》った。僕はこれ以上、殺したくない』

そう言うと、リッチは再び椅子に深く腰掛けて黙ってしまった。

アンデッドになりきれないアンデッドの背中からは、どこと無く哀愁《あいしゅう》が漂っている気がした。

滅ぼしてくれと言われても、会話してしまった事で少なからず情が湧《わ》いてしまう。

文殊《もんじゅ》の力を使えばリッチを倒すのは可能なのかも知れない。

「でも……」

『同情してくれてるのかい？　でも僕は人殺しだ。居てはいけない存在なんだよ』

リッチがやった事は、カッとなって人を殺してしまったようなものだ、許される事では無いかもしれない。けど救いたいと思ってしまう。

我ながら甘い考えだとは思う。

人であるからこそ反省して後悔《こうかい》し、後悔の果てに死を選ぶ者もいる。

人として自我《じが》のあるアンデッドなんて希少《きしょう》な存在だ。可能性を信じたい気持ちが大きい。

それに、リッチは二百年という気が遠くなる時間を、一人孤独《こどく》に過ごしてきた。

言うなれば、二百年の牢獄刑《ろうごくけい》と同義ではないのだろうか。

「クライスラー・ウインテッドボルトに会いたいか？」

気付けばそんな言葉が口から出ていた。

『会えるなら会ってみたいよ。僕が滅ぼされたとしても行先は冥府《めいふ》、あの世で会う事もないだろうしね』

「会わせてやると言ったら？」

『どうやって、と返すだろうね』

仮にクライシスに会わせたとしても、彼ならばリッチなど瞬殺《しゅんさつ》出来るはずだ。

なら人としての可能性を信じ、道を提示してやりたい。

悲しみを背負《せお》ったまま死ぬのは見ていられない。

「会わせてやるよ。その代わりと言っちゃなんだけど……この家を譲って欲しい」

『はぁ？　本気で言ってるのかい？　クライスラーは千年も前の人物だよ？』

「生きてるんだよ。信じられないと思うけど彼なりの方法でな」

日は既に落ち切り、窓からは闇夜を照らす街灯《がいとう》の光が差し込んでいる。

薄暗い部屋の中、窓から入る街灯の逆光《ぎゃっこう》でリッチの表情は窺《うかが》い知れないが、思案《しあん》しているのが分かった。

『その目は嘘《うそ》を言っている目じゃないね……信じ難《がた》い事だけど……分かったよ、君を信じよう。この家はもう誰の物でも無いんだ。好きに使ってくれて構わない。呪いは既に何者かが持ち込んだ禍々《まがまが》しい存在によって断《た》ち切られているしね』

椅子から立ち上がって話すリッチの声は弾《はず》み、喜びの色が見て取れた。あとは導くだけだ。

禍々しい存在というのは、恐らく黒剣デモンズソウルの事だろう。

あの剣がこの屋敷の敷地内に持ち込まれた事で、リッチがかけた呪いが無くなった。

だからあの邪教の祭司や邪教徒、コブラや俺が呪いの影響を受けなかったのか。

不幸中の幸いってやつなのかな。

「そっか。よし。なら行こう、今すぐ」

『分かった』

リッチが軽く手を振ると窓が音もなく開いた。

ここから出るという事だろう。

窓枠《まどわく》に足をかけ、隣の屋根へ一気に飛ぶ。

『父さん母さん兄ちゃん、さようなら。そしてごめんなさい』

背後からリッチの声が聞こえた。

とても悲哀《ひあい》に満ちた別れの言葉。二百年という長大な時間を罪の意識に苛《さいな》まれ、死ぬ事も出来ず孤独に過ごしたリッチ。

俺としては充分罪は償《つぐな》ったのではないかと思うほどの長い時間だ。

満月の放つ淡《あわ》い光に照らされながら屋根を駆ける俺の後ろで、リッチは宙に浮きながら音もなくついてくる。

「なぁ、それ俺にも出来るか？」

『【フライ】の事？　上級魔法だけど君なら出来ると思うよ。はい』

「あばばばば」

唐突に骨の指で後頭部を突かれた途端《とたん》、魔法の詳細《しょうさい》が頭になだれ込んでくる。

【フライ】――風属性の上級魔法であり、複数の術式を組み合わせた魔法でコントロールが非常に難しいようだ。

頭に流れる術式とイメージをトレースして文殊を発動、風の文殊が緑光《りょっこう》を発すると同時に、体の周囲に風の膜《まく》が張られていくのが分かる。

『うん、上手上手。さすがだね……って君は魔力を使うそばから補充《ほじゅう》しているのかい⁉　すごい体だ！　君が纏う強力な気配はその膨大《ぼうだい》な魔力によるものか！　肉体改造でもしたのかい？　君の体は魔力枯渇《こかつ》とは無縁《むえん》そうだね！』

「はは……どうも……」

風力のコントロールにいっぱいいっぱいで、細かい話をする余裕が無い。

傍から見たら、顔の引きつり具合は相当なものだろう。

体は既に宙に浮いているのだけど、コントロールが難しい。

ガックンガックンと、激《はげ》しく上下左右に揺れる視界に酔《よ》い始め、喉に酸《す》っぱいものがこみ上げそうになる。

やがて、風の流れと一体化するような感覚を掴んだ所で、ようやく視界が安定した。

姿勢を安定させ、少しずつ上昇を試みると体がぐんぐんと空に上がっていき、街が遠くなり、雲が近付く。

「これは……気持ちいいな……」

『そうだね……街の様子もすっかり変わっている……もう、僕の知っているランチアでは無いんだね』

街の上空で一度止まり眼下《がんか》を眺めると、王宮と街の全てが一望出来た。街灯や家の明かりが不規則に灯っていて、とても綺麗だ。

『行こう、少年』

「ああ、そうだな。それと俺の名はフィガロだ、よろしくな」

高度はそのままにサーベイト大森林へ向けて加速する。

その日の夜、死神に連れられて空を飛ぶ少年の姿が話題になったのはまた、別のお話。

◇◇◇

サーベイト大森林にいる千年前の英雄、クライスラー・ウインテッドボルト改めクライシスの元へリッチを送り届けた。

顔合わせした二人はお互いに仰天《ぎょうてん》し、見ていてとても面白かった。

リッチは最初少し疑っていたが、クライシスの実力を見て納得してくれた。

『千年生きるとかアンデッドみたいですね』と、アンデッドのリッチに言われてクライシスが凹《へこ》んでいたのはご愛嬌《あいきょう》だ。

クライシスが魔法でリッチの外見を生前の姿に戻した時は驚いたが、彼の事だからそんなもんだろうと妙に納得した。

感極まり泣き崩れるリッチというのも、この先見ることはないだろう。

クライシスも語り合う仲間が出来たと喜んでいたのでウィンウィンだと思う。

歓談《かんだん》を終え、俺は覚えたての【フライ】で一路《いちろ》ランチアへと戻り、トワイライトへ来ていた。

「え、コブラ居ないんですか」

「まぁあの子も忙しいみたいよぉ？　フィガロちゃんが来たらこれを渡してくれって頼まれたわん。はいどーぞ」

「手紙……？　っていうかどこに挟んでるんですか……普通に渡してください、フッーに」

杖なしでも歩ける程に回復したアルピナは、コブラからの手紙を胸の谷間に挟んで差し出して来た。

開けると、トロイのアジトへの道順が記載されていた。

コブラは出来る女幹部のようなイメージだったのだが、手紙は少女のような可愛らしい丸文字で書かれていて少し驚いた。

しかもちょっとしたイラスト入り。これはデフォルメされた俺の似顔絵だろうか？

「ちょっと行ってきますね」

「はーい。気を付けるのよぅ？　なーんかさっき、『死神だぁ！　死神が俺の命を取りにきたぁ！』とか、客が世迷言《よまいごと》を叫んでたのん。フィガロちゃんなら大丈夫だと思うけど、一応ね」

「はは……死神ですか……怖いですね。ちなみにその方は？」

「酔い潰《つぶ》れてしっかりくたばってるさね」

どうやらリッチの姿をバッチリしっかり見られていたらしい。

あの出《い》で立ちでは死神に見えても仕方ないだろうな。

特に悪い事はしていないのだが、背中に変な汗がじんわりと浮いてくる。

「いってらっしゃあーい」

玄関口で手を振るアルピナに送り出され、地図を頼《たよ》りに夜の市街をうろつく。

トロイのアジトはかなり下級の区画にあるようで、手紙に記載された住所は八十二区画を指している。

下の区画にはまだ行ったことがないので実に楽しみだ。

「と思っていた時期が俺にもありましたー、と」

どれくらい歩いたのだろう。街の様子はかなり変わっており、屋敷と呼べる建物は無く、幾つもの住まいが集まった集合住宅が目立つ場所に来ていた。

看板を見れば九十七区画とあり、完全に行き過ぎている。

この街は碁盤の目のような作りで看板もあり、分かり易《やす》いかと思いきや、同じような作りの交差点が多いのでボーッとしていると通り過ぎてしまう。

この辺りは街灯も少なく小汚《こぎたな》い。路地裏《ろじうら》や表通りにはゴミが散乱《さんらん》しており、かなり露出《ろしゅつ》度の高いお姉さんが、煙草《たばこ》を吸いながら視線を向けて来たりする。

トワイライトがある下級歓楽街よりも、さらにアンダーグラウンドな雰囲気である。

「君、君ィ、子供がこんな時間に出歩いちゃだめぶしゃ」

背後から声をかけられると共に肩を掴まれるが、振り返りもせず肘打《ひじう》ちを入れる。

これで何人目だろうか。

確かに今は夜も遅《おそ》いし、出歩いている子供は見当たらない。

そりゃ平均的な十五歳の身長よりは低いけど、こう見えても成人しているのだ。

最初は普通に対応していたのだが、悪い事考えてますって丸分かりの内容だから困る。子供に見えるからと舐《な》めているんだろうか。

しかも必ず背後からという陰湿《いんしつ》ぶり。アンダーグラウンド過ぎるだろ。

「そこの君、ちょっといいかしら」

背後からまた声をかけられたが、声の遠さからみるとある程度距離《きょり》を置いているようだ。

「貴方ね？　ここらで暴れてるって少年は。ここは私達トロイのシマよ、何が目的？　誰に雇《やと》われたの？　答えなさい！」

警戒《けいかい》していながらも力強い物言いだったのだが、あれ？　この声って……。

「コブラ?」

「誰だ貴様! ってあれ? その声はフィガロ様?」

思わず振り向いてみたが、コブラの方は暗がりになっていて顔がよく見えない。

一歩、二歩とこちらへ歩み寄るコブラ。

「フィガロ様! こんな所で何をしてるんですか! ちゃんと地図渡した……まさか、迷《まよ》ったんですか?」

「ぐぬ……」

迷ったつもりは無いのだけど、向こうからすればそうなるよな。

そうか、アジトがあるって事はその近くはトロイの活動領域となるのが当然か。

俺の度重《たびかさ》なる武力行使が、お迎えを呼んでしまったようだ。

結果オーライ、かな?

「さぁさ、アジトへご案内させていただきますね。フィガロ様でも迷う事があるのですねぇ……ふふふ……」

「わ、笑うなよ……ちょっとぼーっとしてただけだ」

「いつも完璧《かんぺき》なフィガロ様がぼーっとするなんて珍《めずら》しいですね……うふふ……」

「俺は完璧なんかじゃ……」

クスクスと控えめに笑いながら俺の手を引いて先導するコブラだが、心の内ではどう

思っているのだろう。

俺の歳は十五、対して彼女は二十四、五歳といった所か。

顔は小さく緑がかった黒髪を、後ろでポニーテールにして纏めているコブラ。

タイトスカートから伸びるスラリとした長い足、白いドレスシャツの上からぴっちりしたベストを着ていて、外見からはやはり出来る女性という印象を受ける。

そんな女性が一回り近く年下の人間に対等な喋り方をされ、尚且《なおか》つ従《したが》わなければいけないという事実。

いくら成人していると言っても、周囲の大人達からすれば俺は子供同然なのだろう。

今回の件で実に身にしみた。

「あの……コブラ……さん。コブラさんは嫌じゃないんですか？　こんな子供に従うとか」

ふと自分に自信が無くなり、言葉も尻すぼみになってしまう。

「突然どうしたんですか？　全く嫌じゃありませんよ、年の差がなんだと言うのですか？　この世界は弱肉強食《じゃくにくきょうしょく》……弱ければ食われ、強い者が生き残る世界です。フィガロ様は強い、それだけで上に立つ権利があるのです。我々は貴方様より弱い、ただそれだけ。弱い者は強い者に従う……そうする事でしかこの世界では生きられませんから」

「そういう事じゃなくて……」

前を歩くコブラの言葉は冷たく、負けたから仕方なく従っている、という風にしか聞こえない。

「ですがね、フィガロ様はこの世界の、裏の人間ではありません。それに私達デストロイ……トロイの面々を生かしてくれました。貴方様ほどの実力があれば全員を衛兵に突き出す事も、私達を皆殺しにする事も可能だったでしょう。殺そうとした人間を許し、配下にするなど考えられない事です」

コブラは繋いでいた俺の手を離して振り返り、後ろ歩きで続ける。

「兄も言っていました。あの人は違う、強さと優しさと叡智《えいち》を兼ね備《そな》えた真の漢《おとこ》だと。あの人についていくのがトロイの方針だとまで言ってました。兄は、というより私達兄妹はあまり誇れる環境《かんきょう》で育っておりません。親の顔も知らず、孤児院で育ち、読み書きも教会の神父様から教えてもらいました。……食い扶持《ぶち》を稼《かせ》ぐためにこの身を売る事も日常茶飯事……泥水《どろみず》を啜《すす》りゴミを漁《あさ》り腐肉《ふにく》を喰《く》らい、全身を悪事に染めて汚《きたな》い大人達の道具として生き残ってきたのです」

「そう……なのか」

思いがけない壮絶《そうぜつ》な過去に返す言葉もなく、曖昧《あいまい》な相槌《あいづち》で誤魔化《ごまか》すしかない。

「兄がデストロイを立ち上げたのも、そういう生活に嫌気《いやけ》が差していたからなんです。兄はああ見えて優しい人なんですよ？　私が身売りなんてしないでも生きられる、と言ってくれました。搾取《さくしゅ》される側から搾取する側に回ろうと兄は言いました。誰も守ってくれないなら全てを薙《な》ぎ倒して己を守ろうと。そして裏社会という肥溜《こえだ》めの中、真の漢と呼ぶに値する人物、フィガロ様と出会った」

コブラは一軒《いっけん》の古ぼけた教会の前で止まり、周囲を何度か確認した後で扉を押し開けて中に入っていく。

奥の教壇《きょうだん》には人相《にんそう》の悪い神父が立っており、俺と目が合うと軽く会釈《えしゃく》をした。

「お気付きかも知れませんが、フィガロ様は規格外の人間です。裏社会最強と恐れられたハインケルの一撃を食らっても平然と立ち上がり、見たことの無い魔法でハインケルを圧倒……惚《ほ》れ惚《ぼ》れしない方がおかしいですよ。それは構成員達も同じです、あの夜からフィガロ様に楯《たて》突こうなどと考える輩は一人もおりません。仕方なく従っているのではありません、私達は……強さと優しさと叡智を持ち毅然《きぜん》と振る舞うフィガロという人物に惚れて、ついていくと決めたのです」

「そっか……ありがとう……」

そこまでベタ褒めされるとむず痒《がゆ》くなってしまう。

今まで褒められた事など一度も無かったし、褒められるような環境じゃなかった。

「おかえりなさいませ、ボス、姐さん」

「見張りご苦労さま。フィガロ様に小突《こづ》かれた奴らはどこ？」

「下の医務室で不貞腐《ふてくさ》れてまさぁ。最初の集会の時に居なかった奴らとはいえ、まさかアイツらも自分のボスにオイタしたなんて思ってませんぜ、クックック……」

「どういう事だ？」

人相の悪い神父は、どうやらトロイの構成員だったらしい。コブラから指示を受けて俺がここに来るのを待っていたのだとか。

コブラは、トロイの活動領域内で構成員を返り討《う》ちにする強い少年が歩き回っている、との報告を受けて現場に向かったらしい。

エセ神父曰《いわ》く、報告にあった少年は俺の事だとすぐに勘《かん》づいたらしいが、それを伝える前にコブラは行ってしまったというのだ。

「こちらへどうぞ、ボス」

一通り話し終えると、構成員は教壇の裏に設置されたレバーを引いた。

音と共に教壇がスライドし、現れた隠し階段を下りていく。

地下のアジトはそれなりに広く、構成員の半分はこのアジトで暮らしているらしい。

階段から続く廊下の左右には、ナンバリングされた扉が等間隔《とうかんかく》で並んでいる。

ナンバリングされた部屋は構成員の集団部屋になっているそうだ。

廊下を通り過ぎると、食堂、倉庫、トイレ、簡易シャワー室など様々な部屋がある。

コブラからアジトについての説明を聞きながら奥に進んでいくと、ずっしりとした鋼鉄製の扉が現れた。

「フィガロの旦那《だんな》ぁ！　おかえりなさいませ！」

「その呼び方むさくるしいって……まぁ、ただいま？」

鋼鉄製の扉の先にはドントコイがいた。

どうやらここはボスの部屋のようだ。

「ボスの椅子！　温めておきました！」

椅子に座っていたドントコイが立ち上がり、その椅子を俺に勧める。

「いやいいよ、今日は頼みがあって来たんだ。そのまま座っていい」

「えぇ……わ、分かりやした……して、フィガロの旦那が頼み事ですかい？」

扉が閉められ、この部屋には俺とドントコイとコブラの三人だけである。

壁際《かべぎわ》に置いてあった簡易椅子をドントコイの対面に置いて腰掛け、話を進める。

「五日後……日付が変わるから四日後か。四日後に、王宮で祝勝パーティが開かれる。俺はそれにシャルルの護衛として出ろ、という勅命《ちょくめい》をドライゼン王よりいただいたんだが……トロイの面々にも協力してもらいたいんだ」

「あっしらがですか⁉　見てくれの良いコブラはともかく、薄汚《うすぎた》ねぇトロイのヤツらは王宮になんて入れませんぜ？　門前払《もんぜんばら》いされっちまぁ！」

「分かってる。王宮内に入る必要は無い。王宮の周囲から、怪しい奴らが居ないか監視《かんし》して欲しいんだ。バルコニーや中庭、人目のつかない場所らへんを重点的に見て欲しい」

「城の敷地内に入る策はあるので？」

　ドントコイの目付きが変わった。いつものおちゃらけた目ではない、仕事人の持つ鋭い目をしていた。

「もちろんだ。だから隠密《おんみつ》行動を得意とするメンバーを中心に、人集めをして欲しい。人数は五十人、出来そうか？」

「へっ！　旦那の頼みでさぁ！　ボスの頼みとありゃあやるしかありませんて話ですよ！でも、なぜ命令しないんで？　旦那はトロイのボス、頭なんですぜ？」

　と言われても、今まで他人を使った事なんて皆無な俺だ。どうしたらいいのか分からない。

「じ、じゃあ頼む！　命令だ！」

「だははは！　面白い命令でさぁ！　やったりますよ！　初めての旦那の頼みだ！　きっちりやらせていただきますぜ！　おいコブラ聞いたか！　新生トロイの初仕事だ、気張《きば》って集めて来い！」

　扉のそばに控えていたコブラがコクリと頷《うなず》き外へ出ていった。

「作戦会議は後日、メンツが揃ってからでいいですかい？」

「構わない。それと……ハインケルと連絡を取りたいんだが、場所は分かるか？」

「ハインケルさんの居場所は分からねぇが、アジダハーカの構成員が集まる場所なら分かりやす。俺も何度か出入りしている所だが、そこには他の組の構成員も居るから気を付けてくだせぇ。ま、旦那に勝てる奴が居るとは思えませんがね」

不敵《ふてき》に笑うドントコイから地図を受け取り、話を終えると、俺はアジダハーカの構成員が居るという場所へ向かった。

◇　◇　◇

「くぁ……はぁーふ……」

しかし眠い。

朝からぶっ通しで起きているのだ、そりゃ眠い。

欠伸《あくび》をして涙の浮かんだ目を擦りつつ、ある店の扉を決まったリズムで三回ノックし、それを三度繰り返す。

「合言葉は」

「三つ首の龍は三度鳴く」

スラリという音が鳴り、鋼鉄製の扉の上部にある覗き窓が開く。

七十一区画にある古びたバーが地図の示した場所だった。

「身分証は」

「これだ」

見張りであろう男の要求に、ポケットにしまっていたペンダントを見せる。

これはトロイの構成員を示すシンボルが刻《きざ》まれたペンダントであり、出がけにドントコイから渡された物だ。

「いいだろう、入れ」

覗き窓が閉じられ、数秒後に鍵の開く音がして鋼鉄製の扉が軋みながら開かれた。

何かあった時のために、影にいるクーガにはいつでも飛び出せるよう臨戦《りんせん》態勢を取らせている。

中に入り、油でベタついた床を軋ませながら奥へと進む。

店内はさほど広くないが、六人がけのソファ席が四席、二人がけのテーブル席が十二席、二十個の丸椅子が並んだカウンターがある。

店に入るなり、客の視線が集中しているのに気付いた。

談笑《だんしょう》しているのに、目線だけはキッチリと俺に向けられていて、どうにも落ち着かない。

全員ではないが、腰に付けたナイフがちらほら見えていた。

ドントコイ曰く、店の中での抜剣《ばっけん》や喧嘩《けんか》は一応禁止されており、揉《も》め事や荒事《あらごと》があれば外に出てやる、というのがルールらしい。基本的に、店で暴れなければ良いのだとか。

背中に掛けている剣は上着《うわぎ》で隠しているので、首元から覗く二本の柄だけが見えている状態である。

客の中に背中に剣を背負っているなんて人は見当たらないので、視線が集中するのは仕方無いのかも知れない。

それに奴らからしてみれば俺は初見《しょけん》の客だ。値踏《ねぶ》みというか、様子見もあるのだろう。

客の視線を一身に浴びながら、カウンターに座り、カウンター内でグラスを拭《ふ》いている初老の男性へ声をかける。この店のマスターだろうか。

「俺の名はフィガロと言う。ハインケルに会いたい。金ならある。どうにか話だけでも出来ないだろうか」

「お前さんは？　どこぞの貴族の坊っちゃんかね？　坊っちゃんは家でママのおっぱいチューチューしてりゃいいんだよ」

俺がマスターに用件を伝えると、筋肉の塊《かたまり》のような男が唐突に横に座って茶々を入れてきた。

軽く頬を引きつらせながらも無視してマスターと視線を合わせるが、背後から小さな含み笑いが複数聞こえるのが癪《しゃく》に障《さわ》る。

「ご用件は」

「要人の暗殺」

なるべく小さな声で用件を伝える。

細かい話はハインケルにしたい、と伝えるとマスターは少し考え込んだ。

「何コソコソしてんだよ坊っちゃん。ママかパパと喧嘩でもしたのか？　それとも好きな女の子にいいカッコしたいのか？　あん？　無視してんじゃねぇぞこらぁ！」

なんだこいつ……。

自分からからかってきておいて相手にされなきゃ逆切れ？　構ってちゃんかよ。

「店内での狼藉《ろうぜき》は厳禁《げんきん》と聞いております。少しはその小汚い口を閉じたらどうです？　筋肉ダルマさん」

「ガキィ……言うじゃねぇかよ……調子に乗んじゃねぇぞコラ……！」

男の口からは歯ぎしりの音が聞こえ、額には青筋《あおすじ》が浮かんでいる。

こんな単純な挑発に乗るとか、煽《あお》り耐性無さすぎだろ、常識的に考えて。

ふと後ろを見れば、俺を見て何かを話している人物が何人かいた。

大方俺が喧嘩を始めるかどうかで賭《か》け事をしているんだろう。

ドントコイが「初見だと百パーセント絡まれやすが、そこは堪《こら》えてくだせぇ。それをネタに賭け事するヤツらもいますが、気にしねぇでくだせぇ」と言っていたが、本当にその通りになったな。

「ハインケル様と直接取引をされるのでしたら、多少なりとも顔見知りなのでしょう。連絡を取るので上で待っていてください」

「ありがとうございます」

場に似つかわしくない丁寧《ていねい》な言葉遣《づか》いと共に、カウンターの上に、三の数字が刻まれた鍵が置かれた。

鍵をポケットにしまい、席を立つ。

「ガキィ……ぶっ殺してやるからなあ！　ぎひひゃっぶっ……」

席を立つ瞬間、しつこく絡んでくる筋肉ダルマの顎を、素早く裏拳《うらけん》で打ち抜く。

周囲が一度ざわつき、歓喜《かんき》の声と悔《くや》しそうな声が同時に上がるが、悔しそうな声を上げる者の方が多かった。

白目を剥いてカウンターへ倒れ込む筋肉ダルマ。

マスターにはばっちり見られていたかも知れないが、当の本人は眉を少し動かしただけで何も言わなかった。

やはり騒《さわ》ぎを起こさなければどうという事は無いようだ。

「マスター、何か飲み物をください。あ、お代はこの筋肉さんに付けておいてください」

バーに来て何も頼まないのも失礼だと思い直し、俺は出されたホットミルクを持って、二階へ上がった。

◇　◇　◇

通された部屋は客間を改造した応接室だった。

と言っても、簡素《かんそ》な机と椅子が二脚あるだけの質素な部屋だ。

この部屋の番号は三だったが、二階には他の部屋もあった。

恐らくだが客のグレードに合わせた割り振りをしているのだろう。

どれぐらい待ったのだろうか、少しうたた寝をしてしまっていたらしく、気付けば外がうっすらと白《しら》んでいた。

「わりぃ、待たせた。野暮用《やぼよう》があってすぐ来れなかったんだ」

もうそんな時間かぁ、と呆《ほう》けていると、扉が開いてハインケルが現れた。

「んが……だ、大丈夫大丈夫、問題ないよ」

頬に付いたヨダレを拭き、姿勢を正《ただ》す。

「で、どうした？　また何かあったのか？」

「いえ、実はですね……かくかくしかじかでウマウマトラトラなんですよ」

椅子に深く座り、手に持っていたコーヒーを啜るハインケルへ無駄な話はせず、要点だけ伝える。

貴族を黙らせるなら不正を暴くに限る、と父は言っていた。

レマットの息がかかった貴族が誰かは分からない。だが不正を紐解《ひもと》いていけば自《おの》ずと分かるのではないか、という算段だ。

ドライゼン王に貴族の名前を聞いておけば良かった、とこの時少しだけ後悔した。

「ふむ……貴族どものきな臭い情報ねぇ……まぁ、それなら腐《くさ》るほどあるが……」

「教えてくれないか」

「駄目だ」

「だよねぇ、そう来ると思いましたよ」

そう易々《やすやす》と教えてくれるわけが無いと踏んでいたが、即答か。

「そりゃなぁ、俺らにも信用問題ってのがあるし、俺が情報を漏らした、なんて知れたらアジダハーカの沽券《こけん》に関わる問題だ」

ハインケルはそう言うと、懐からタバコを取り出し、火をつけて大きく吸い込んだ。

「どうしても、か」

「どうしても、だ。王には助けられた恩義《おんぎ》があるし、敬愛《けいあい》すべき理由もある。だが実質情報を開示するのは難しい」

吸い込んだ煙《けむり》を勢いよく吐き出し、人相の悪い顔をさらに歪《ゆが》める。

ハインケルが、なぜドライゼン王をそこまで敬愛しているのかは知らない。

聞くつもりも無いし、彼自身話すつもりも無さそうなのであえて突っ込むことはしない。

「なら……俺に考えがある。ハインケルは貴族連中の不正や賄賂《わいろ》、横領《おうりょう》、どんな細かいことでもいいから教えてくれ。それを別のルートで調べ上げた事にする」

「だからそれは……おい、別ルートって……どういう？」

「王宮にはごく一部の人間しか知らない諜報《ちょうほう》機関があるんだ」

「何だって！　そりゃまじか！」

声を潜め、囁《ささや》くように告げるとハインケルは椅子を蹴倒《けたお》して立ち上がった。

「ふふ……嘘だよ。でも、本当だと言われたら信じるだろ？」

「なるほど……確かに。ククク……お前も大概《たいがい》悪い奴だなぁ」

「そうすればハインケルだって被害者だ。多少トラブルは起こるだろうが、知らぬ存ぜぬで通せば問題無いはずだ。揉み消しなんてお手の物だろ？　親玉さん」

「極秘《ごくひ》機関に調べられちゃあたまったもんじゃないが……貴族の馬鹿どもを黙らせる材料はいくらでもある。任せろ」

「よし、なら早速やってくれ。間に合う分だけでいい」

「ふん、交渉《こうしょう》上手なお子様だよホント。悪の親玉が不正を横流したぁ世も末だぜ」

「大丈夫大丈夫。それは諜報機関が仕入れた情報なんだから」

アジダハーカにとって顧客《こきゃく》が潰れるのは喜ばしくないだろう。

だが不満を漏らす貴族を黙らせない限り、めどはつかない。

「そうだなぁ。俺も被害者だ、困った困った」

終始わざとらしく肩を竦《すく》めるハインケルを見ながら思う。

アンデッドの大襲撃で疲弊《ひへい》した自分の国を、さらに糾弾《きゅうだん》する貴族達の神経が分からない。所詮《しょせん》、私利私欲《しりしよく》にまみれた連中なんだろう。本当に反吐《へど》が出る。

「悪いなぁ、お前は本当に悪い男だよフィガロ。死んでもお前は敵に回したくねぇ」

ハインケルはテーブルの上で手を組み、ニヤリと笑う。

「酷い事言うなぁ。俺は国のために、シャルルとドライゼン王のためにやってるんだぜ？」

俺は肩を竦め、悪気は無い、と大袈裟《おおげさ》にアピールする。

世直しをするつもりは無い、いくら悪を間引《まび》いた所で雑草のように生《は》えてくるのだから。ならせめて、目の前の悪だけでも刈り取りたいというのが俺の望みだし、そうすれば暗殺事件の幕引きも早くなる。

「話は分かった。情報が上がり次第纏めておこう」

ハインケルと握手を交わし、情報の統括《とうかつ》はトワイライトで行うと決めた。

目安としてパーティの前日、今日から三日後に再びトワイライトで会う事を約束し、俺は店を出た。

店を出る際にマスターから「見事な打ち抜きでしたな」と言われたが、知らない顔をしておいた。

◇　◇　◇

ハインケルと話した三日後、俺はトワイライトの別邸へ来ていた。

待ち合わせの時刻になり、続々とメンバーが集まってくる。

アルピナにコブラ、ドントコイにハインケル、そしてトロイの中で隠密を得意とする構成員が五十人。

大きめの座卓をアルピナ、コブラ、ドントコイ、ハインケル、俺の五人で囲み、構成員は俺の後ろに控えている。

「トロイメンバー五十、ここに」

コブラが一礼するのに続き、構成員達も一斉に頭を下げる。

「なぁんでアタシが呼ばれるんだい？　関係無いだろ？」

「まぁまぁ……すいませんアルピナさん、一応アドバイザーとしてお願いします」

キセルをくゆらせながら言うアルピナは釈然《しゃくぜん》としない様子だ。

ちょっとした考えがあるので、アルピナには趣旨《しゅし》を話して同席してもらっている。

「ではまずはじめに、明日警戒警備を担当する潜入《せんにゅう》部隊だが、五人一組のスクワッドで行動してもらう。明日は来賓《らいひん》でごった返すと予想されるし、王宮の警備も厳重になるはずだ。慎重に行動して欲しい」

ここでテーブルの上に大きな紙を広げる。

「これは王宮の見取り図です。先日王宮から借りて持ってきました」

「「「えええええ!!」」」

その場にいたドントコイ以外の面子《めんつ》が、素《す》っ頓狂《とんきょう》な声を上げて目を見開いている。

何かおかしな事を言っただろうか。

「あ、あんた！　すぐにそれをしまいな！」

突然目の色を変えたアルピナが、手にしていたキセルを放り投げて俺に掴みかかる。

キセルは放物線を描いて後ろに控えていた部隊のただ中に落下し、「熱い！　熱い！」と悲鳴が聞こえてくるのを尻目《しりめ》に話を続けた。

「どうしてですか？」

「どうしてって……王宮内部は一般に公開されていないんですよ？　いわば国家機密《きみつ》みたいなモノですよう！　国家反逆罪ですよ！　すぐに返しましょうそうしましょう！」

コブラが手で目を覆って叫ぶように訴《うった》えてくるが、これは王が厚意《こうい》で貸してくれた物だし……。

「おいおいおい……王宮の中ってのはこうなってんのか⁉　シャルル王女の部屋はどこだ⁉　お妃様《きさき》の部屋は⁉　風呂《ふろ》は⁉　この広い所が食堂？　この離れは……」

一人だけ滅茶苦茶《めちゃくちゃ》にテンションが上がっている人物がいるが、そんなに興奮するものなのだろうか？

そして、なぜシャルルなんだろうか。

なぜ風呂場なんだろうか。

覗きにでも行くつもりなのか？　ズルいぞ俺も連れていけ。

にしても、たかが見取り図一つに皆騒ぎすぎだと思うのだが……。

「こんなんたかが地図、いわば紙じゃねぇか。狼狽《うろた》えるな、男はいついかなる時も冷静であれと偉《えら》い人は言っていた」

ドントコイはちょっと何言ってるのか分からない。脳筋《のうきん》ここに極《きわ》まれりだな。

「みんな静かに、これは王から直々《じきじき》に賜《たまわ》った物。盗《ぬす》んだとかじゃないので大丈夫だ」

そう伝えるや否《いな》や――。

「なんだい、てっきり盗んだのかと思ったよ」

「借りるってのは盗んだの隠語《いんご》かと」

「ハインケル様に同じです」

「たかが紙、されど紙、深いな」

最後のドントコイは意味不明だが、他の三人も酷い事言いよるな。

どうして王と懇意《こんい》にさせてもらっているのに盗む必要があるのだろうか。

もう少し論理的に話して欲しいもんだ。

「無駄話はそれくらいにして、作戦概要《がいよう》の説明に移りたいと思う。隠密部隊は王宮に潜入次第スクワッドでの行動になる。それぞれアルファベットと数字で振り分けるので、各自自分のアルファベットと数字をしっかり覚えるように。部隊はA、B、C、D、Eの五分割で考えている。それぞれ【アルファ】【ブラボー】【チャーリー】【デルタ】【エコー】と呼称、一部隊につき二班の構成だ。アルファだったらアルファワン、アルファツーという具合だ」

「随分と変わった割り振りなのねぇ。どこだったかしら……そうそう、帝国式、だったかしらん」

アルピナの言う通り、ランチアより遥《はる》か東、中央大陸にある帝国は、世界で三本の指に入る先進的な技術を持った軍事大国で、帝国軍はこの呼称を主に使用している。

以前実家にいた頃に読んだ書物に、帝国の軍事様式が書いてあったのを思い出したので、ちょっと流用してみたのだ。

なかなかにアルピナは知識が豊富だ。

「班構成は分かりました。してどのように潜入するのですか？」

コブラが目の色を変え、鼻息荒く王宮の見取り図を凝視《ぎょうし》している。

いつも冷静なコブラが鼻息を荒くしているのを見ると、やはり王宮というのは謎に包まれた場所なのだろう。

よくよく考えると普通は入れないし、当たり前か……。

俺だって王宮に招致された時は滅茶苦茶緊張していたな。馴染むというのは感覚を麻痺《まひ》させるんだろう。

「昨日、空中から王宮周りを調べて、見取り図と照らし合わせてきたんだ。パーティが開かれるのは北にある建物、【聖護鳳凰殿《せいごほうおうでん》】の一階にあるセレモニーホールだ。建物は五階建《だ》てで、一階から三階までがセレモニーホール。四階、五階は特別応接室や給仕室、調理場、警備室などがある。五階には空中廊下への入口があり、空中廊下は中心の【護神洸龍殿《ごしんこうりゅうでん》】へと繋がっている。セレモニーホールのメインフロアは吹き抜けになっていて、外はバルコニーでぐるりと囲まれている。内部には巡回《じゅんかい》兵がいるし、俺も給仕として待機してるから部隊は外に展開、監視をして欲しい。潜入方法はいくつか考えたんだけど……」

聖護鳳凰殿は、式典やパーティなど、多数の人が集まる際にのみ使用される場所らしい。季節の花々で彩られた庭園と、入口付近と裏手にある大きな噴水《ふんすい》が特徴だ。

パーティは夕方から始まるため、どうしても暗がりや死角が多くなる。

衛兵の配置などはまだハッキリしていないが、内部に七割、外に三割といった所だろう。

「ちょっと待ってください。今空中からと言いましたか？」

「ん？　あぁ、この前【フライ】っていう空を飛べる魔法を覚えたから、それを使ってね」

……あれ？　変な事を言っただろうか。全員の目が点になっている。

「【フライ】って……そんな魔法聞いた事ないわよん？　レビテーションなら聞いた事あ

るけどぉ」

「そうだぜ。人が空を飛ぶなんて芸当は上級魔法でも無い限り使えねぇ。人間を浮かせて飛ばし、尚且つ外部からの風圧を無効化したり風の流れだってあったりする。どんだけ複雑な術式だと思ってんだ？　アルピナの言うレビテーションだって使える人間は限られてるんだぞ」

「きっとそれはロストスペル……じゃないですか？　過去にあって現在は失われた魔法というのは数多く存在するらしいですから」

三者三様《さんしゃさんよう》に意見をしてくれるが、本当にたまたま覚えてしまったのだから仕方無いと思う。

リッチに頭を小突かれたら色々と魔法の情報が流れ込んできて、あら不思議っていう具合なんだから。

しかしロストスペルか……時代の流れの中で淘汰《とうた》されたり、使えなくなってしまったりした魔法の事だが……。

もしかしたら、クライシスがたまに使っていた、聞いた事の無い魔法もロストスペルなんだろうか？

魔法の探求としてもとても興味深い。

「まぁ、フィガロだから、そんなもんなんだろう」

三人が妙に納得していたので、なんて返せばいいのか分からず、俺は苦笑《にがわら》いをするしかなかった。

作戦概要をざっくりと説明した所で、もう一つの案の説明を始める。

細かい詰めは一番最後に行う予定だ。

「【フライ】の話は置いといて、複数の班に分かれた時に連絡をどう取るかを考えたんだ。良い方法が一つある」

そう言うとバッグの中から十二個の指輪を取り出して、テーブルの上に並べた。

「これは【ウィスパー】の魔法が込められた魔道具、ウィスパーリングだ。これを各班一つずつ、ドントコイとコブラにも付けて欲しい。使い方が分からない人は後で俺の所へ来てくれ。そしてアルピナさん、シキガミに関して聞きたい事があります」

唐突に話を振られたアルピナはキセルの煙でむせ返り、涙目になりながらもこちらを向いた。

「なんだい藪《やぶ》から棒にぃ。コホコホ……ヴェッホゥい……カーッペッ！」

「シキガミは魔力で術者とリンクして、視覚を共有しているんですよね？　であればもしかして、聴覚《ちょうかく》も共有出来たりしますか？」

「な、なんでそれを知ってるんだい⁉」

やはりか。

たじろぐアルピナを見ながら、自分の予想が当たっていた事に少し満足感を得る。

魔力でリンク出来るなら、他の感覚、聴覚や嗅覚《きゅうかく》なんかも共有出来るのでは？　と考えたのだ。

かなり希望的観測が含まれていたが、これで案の一つが実行出来そうだ。

「聴覚を共有したシキガミ——バルムンクに、パーティ会場の周辺を周遊《しゅうゆう》させたいんです。潜入部隊は定点で待機させ、シキガミによる視覚と聴覚の機動的監視を行えればな、と思いまして」

「出来るっちゃ出来るけど……」

少し困った顔をしながらアルピナは続けた。

「パーティは夕方から夜にかけてだろう？　夜目《よめ》の利かない鳥が飛んでたら、怪しまれるんじゃあないかい？」

「そこは大丈夫です。バルムンクにはなるべく目立たないように行動させますし、いざとなったら回収すればいいだけです。そんな事を言ったら、アルピナさんのシキガミ達だって同じようなものでしょう？」

「ま、まぁ……そりゃそうだけどん……シキガミに昼夜は関係無いからねぇ？」

ぶつぶつ言いながら両手の人差し指を合わせてこねくり回すアルピナは、実にいじらしく女性らしい。

だが男だ、勿体《もったい》ない……。

しかし今の会話で、そんな態度をとる必要があっただろうか？

今日のアルピナの服装はいつもより軽装で、肩から胸元にかけて大きく露出させていた。帯で押し上げられたバスト――もといボンバイエが、これでもかと言わんばかりに、その存在を大きく主張している。

そんな服装のアルピナが不貞腐れたように口を尖らせ、体を捻《ひね》るようにそっぽを向くと、ボンバイエもつられてホワンホワンとボンバイエして……。

男……なのに……。

……もうアルピナの性別はボンバイエでいいんじゃなかろうか。

そうすれば、男だ女だと騒ぎ立てる必要も無くなり、世界に平穏《へいおん》な日々が訪れるはずだ。

「おいフィガロ。前から思ってたんだがな、アルピナさんって結構いい女だよなぁ……特にあの胸元……」

ハインケルが俺の腕を突きながら耳打ちをしてくる。ここに、犠牲者《ぎせいしゃ》がまた一人増えてしまった。

だがここは真面目《まじめ》な話をしている場なのだ。ハインケルの心に争《あらそ》いを生む必要は無い。

というか、ハインケルはトワイライトの、アルピナの詳細を知らないのだろうか？

それとも話は知っているが、見たのは初めて、とかなんだろうか？

トワイライトは中立の立場だと言うし、そこまで関わりは無いのかもしれない。

うむ……裏社会は思った以上に複雑らしいな……。

待てよ、もしかしてアルピナはこれを狙って……？

アルピナの不自然な行動と、いつにも増して露出度の高い服。この二つの点が線で繋がったような気がした。

確かに俺は、トロイから大所帯《おおじょたい》の男性陣が来るとは伝えた。

この時初めて、アルピナの化粧が普段より濃《こ》い事に気付く。

……いやまさか、アルピナに限ってそんなそんな。

「フィガロ様、ハインケル様、目元がふしだらですよ。兄さんのようにシャンとしてください、シャンと。お前達もだ、ちょんぎってやろうか」

コブラが睨《にら》みを利かせて放った言葉にキュッとなる。

どことは言わない。

いじらしく体をくねらせるアルピナの所作《しょさ》に対し、この場にいるドントコイ以外の男性諸君《しょくん》の目がふしだらになっている。

ドントコイは目を伏せ、腕を組んでじっと黙り込んでいる。

真面目な話をしていたつもりなのだが、どうしてこうなった。

アルピナは、ボンバイエなのに……。

「チッ……」

小さく聞こえた舌打ちを俺は聞き逃さなかった。

横目でアルピナを見ると残念そうに目を閉じ、姿勢と服の乱れを直していた。

ちっくしょう！　この人確信犯だよコノヤロウ。

「コホン、ではボンバ……いえ、アルピナさんからの確証《かくしょう》は得られたので……魔力の件は大丈夫ですし、後ほどシキガミの調整を行って……えと、次は……」

不味《まず》い。トラブルのせいで、次に予定していた話が飛んでいってしまった。

「えーと……」

コブラが蛇《へび》のような目でこちらを見てくる。

なぜか変な汗が止まらない。特にやましい事はしていないのに……。

「話を戻そう！　ハインケル！　貴族の件はどうだった？」

「お、おう！　それなんだがな、恐らくレマット派と見られる貴族達が分かったぞ」

空気を変えるためにテーブルを二度叩き、ハインケルへ話を振ると良さげな反応が返ってきた。

さすが裏社会きっての大組織アジダハーカのボスだ、仕事が早い。

「あいつらはまだ諦めてねぇ。というより、レマットが死んだ事を知らないからな、歯止《はど》めが効かねぇぞ」

「王弟が亡くなった事実を知るのは、フィガロ様の周囲では私達と、ドライゼン王にシャルル様だけでしょうから、当然と言えば当然ですね」

確かに言われてみれば、レマットがアエーシェマに取り込まれて絶命《ぜつめい》したのを伝えたのは、アルピナ、ハインケル、コブラとドントコイにシャルルだけだ。

シャルルは王宮に戻った際、ドライゼン王にその事を報告している。

なら計画に一枚噛んでいるであろう貴族達はどうなるのか。

レマットは存命で、国家転覆《てんぷく》の計画を続行していると考えていたならば……。

「なんにせよ、貴族達は確実に動くだろうねぇ」

パーティで騒ぎを起こすなら、俺が何としてでも止める。

しかし大勢の前で直接ドライゼン王やシャルルを物理的に狙うとは考えにくい。

ドライゼン王に責任を追及《ついきゅう》してくるのがセオリーだろう。

「レマット派と見られる貴族の中で一番権力を持っている人物がクリムゾン公爵《こうしゃく》。ランチア守護王国で五本の指に入る超大物だ。昔から色々な噂が絶《た》えない男で裏社会にも顔が利く。俺も一度だけ会ったことがあるが、癖《くせ》の強い嫌な男さ」

「そいつに関する情報だけど、どのくらい手に入ったんだ？」

「それが……奴が関わっているであろう情報が細切《こまぎ》れにされて、尚且つ分散されているから尻尾が掴み辛《づら》い。多分ダミーの情報も紛《まぎ》れこんでる。ただ色々な所から浮かんでくる断片を繋ぎ合わせると、奴が絡んでいるのは確実なんだ。奴以外の木っ端《こっぱ》貴族の情報なら黙らせられる程度には上がってるんだがな……すまん」

「いいさ、突然のお願いなのに良くやってくれてると思うし、すごいと思ってる。掴んだ情報だけでいい、教えてくれ。今は少しでも手札があった方がいいからな」

そう言うとハインケルは不敵に笑い、数枚の羊皮紙《ようひし》をテーブルに投げ出した。

彼はアジダハーカの支部所まで足を伸ばして情報を集めてくれたらしい。

羊皮紙にはいくつかの注文表や金品の受け取り先、注文先や納品場所などが書かれた紙が貼《は》り付けられており、中には意味不明な言葉の羅列《られつ》が書かれた紙などもあった。

そのどれを見ても繋がりが全く分からない。

「これは……？」

「見ての通りさ。例えばこの数枚の注文書と納品書、どれも別々の人物から依頼され、別の村や別の領地に運ばれているんだが、共通するのが全てクリムゾン領に隣接《りんせつ》している、という事。色々な場所を経由させて上手く隠しているが……大量の武器や錬金術《れんきんじゅつ》の材料が少しずつ分散されて複数の村へ納品されている。オマケにその品物の幾つかは、存在しない村に運び込まれてる。そしてまだ解読《かいどく》出来ていないが、意味不明な言葉の羅列は恐らく暗号、何かの指示書かも知れない。厄介《やっかい》なのが、根回《ねまわ》しや情報統制《とうせい》を上手に行っていてな、突然足取りが業者ごと消えて分からなくなった情報もある。中には麻薬の取引の記録もあったんだが、その麻薬は裏社会でも危険視されているヤバいクスリだ。俺の勘と経験則から言うと……ここまでやってるんだ。多分人身、臓器売買《ぞうきばいばい》なんかにも関与していると思われる」

ハインケルは一度そこで言葉を切った。

俺の目をじっと見つめ、反応を窺っているように感じる。今の説明の中に引っかかる所があった。

頭の中にもやがかかっている感じがして、どうにも気持ちが悪い。

なんだ？

何が引っかかる？

情報と記憶を照らし合わせ、違和感の正体《しょうたい》を探っていく。

「まさか……！　街で噂の神隠しって……！」

その答えにハインケルが目を光らせ、ニタリと笑った。

「多分、クリムゾン公爵が関わっているだろう。自分の金を使えば足がつくから、不明瞭《ふめいりょう》な資金の支出を避けたいんだろう。人を売り、その金で装備《そうび》を固めているのか、別の目的があるのかはまだ分からないが……」

「ならそれを突き出すか、ドライゼン王に報告を！」

ハインケルの言葉を遮るように思わず席を立ってしまったが、当のハインケルが手で座るように指示してくる。

「馬鹿野郎、んな事したってシラを切られて終わりだよ。パッと見は無関係に見せかけているんだから。証拠《しょうこ》はあるんですか？　と言われて終わりさ。ちゃんとした物的証拠と現場を押さえない事にゃ、のらりくらりと言い負かされるのがオチ。しかも公爵サマに喧嘩を売るんだぜ？　失敗すれば、侮辱罪《ぶじょくざい》で投獄《とうごく》のオマケ付き。その場で斬り殺されても文句は言えねぇ」

やれやれ、と言いながら肩を竦めるハインケル。

アルピナやコブラ、ドントコイを見ても、皆同じように渋い顔をしている。

「手札は多い方がいいと言ったけど……これじゃどうにも出来ないじゃないか……」

最終的に邪魔《じゃま》されるのが権力というのが癪に障る。

偉ければ何をしてもいいのか。偉ければその他の人間の命は金を得る道具扱いなのか。

アルウィン家と同じ公爵位のくせに……クズめ。

もしクリムゾン公爵が人身売買などにも手を出しているなら、俺は奴を許さないだろう。

ハインケルの説明を聞いても、クリムゾン公爵の暴挙《ぼうきょ》に対する怒りは消えなかった。

人身売買や臓器売買をしている、という確かな証拠は無い。けどもし仮に人の身を売り払い私腹《しふく》を肥《こ》やし、王位転覆を目論《もくろ》んでいるのであれば、到底《とうてい》許される事では無い。

ランチア守護王国に奴隷《どれい》制度は無い。しかし他の国であれば人間は元より、獣人や亜人《あじん》を奴隷として売買する所が数多く存在する。

奴隷制度が悪だとは思わないし、奴隷落ちするのは大体犯罪者や訳ありの人々だと聞いている。

けど罪も無い人を犠牲にするのは明らかな犯罪行為だ。

「絶対に潰してやる、絶対にだ」

「売りのルートは恐らく他国が絡んでる。ランチアの裏組織には一枚も噛んでないのが厄介だ」

「まぁまぁお二方とも落ち着いて。仮定の話をしていても始まりません。その情報はまだ不確かなもの、他の話を進めましょうよ」

歯噛みする俺とハインケルをなだめるように、コブラが割って入った。

コブラの言う事はもっともだ。

許せる許せないは別として、クリムゾン公爵を叩くのはもっと証拠が出揃《でそろ》ってからにするべきだろう。

「すまん、そうだな。ちょっと熱くなっちまった。まぁクリムゾンの話はそんな所だし、証拠が足《た》らん。黙らせられるのは木っ端貴族達だけだ」

「分かった。ならそれとなく情報をリークして黙らせられる奴らは黙らせておいてくれ。さて……話は変わるけど、トロイの王宮敷地内での配置はこんな感じで考えてる」

聖護鳳凰殿《せいごほうおうでん》の周囲と、護神洸龍殿《ごしんこうりゅうでん》の庭園などなど、上空から見た時に気になった場所を、広げた見取り図で指し示す。

「コブラとドントコイはツーマンセルで待機な。全員ウィスパーリングを忘れずに着けてくれ、指示は追って出す」

「「は！」」

考えられる手は打った。

敵がどう動いてくるのか全く不明なため、中途半端《ちゅうとはんぱ》な作戦になってしまったのが心残りだ。

何のトラブルも起きず、平穏にパーティが進めばそれで良し。物理的に仕掛けてくるなら、いち早く防いで潰すのみ。

「何も起こらないでくれれば良いんだけどな……」

「フィガロちゃぁん……そういう事って思ってても口に出さない方がいいと思うのよぉ？」

アルピナがキセルをふかし、神妙《しんみょう》な面持《おもも》ちで言った。

「え、何でですか？」

「別にぃ。何となくよ。なーんとなく」

目を伏せて、悪戯《いたずら》っぽくほくそ笑むアルピナ。

その横顔が窓から差し込む西日に照らされ、実に妖艶《ようえん》に見える。

「よし、明日の集合場所はここ、王宮の裏手にある森へ集まってくれ。俺が大岩を何個か転がして、目印を作ってある。目立つのを避けるために、一度街の外に出てから向かってくれ。纏まってではなく分散してな。以上だ！」

締まりのないセリフで場を締めると、トロイの面々から見事に締まった返事が戻ってくる。

トロイを動かすのはやりすぎたかも知れない。

でも何かあってからでは遅いのだ。現実は英雄譚《えいゆうたん》みたいに都合良くいってはくれない。分かりやすく悪者がババーン！　と出てきてくれればいいんだけど、そうもいかないのが現実ってやつで。

俺は自分の体のせいで現実とやらに散々叩かれてきたし、甘い希望はなるべく持たない。常に悪手《あくしゅ》を考えてその対処法を用意しろ、とも兄様や姉様から教え込まれてきた。

「石橋は叩き壊《こわ》して進め、か……普通に考えて暴論《ぼうろん》だよなぁ」

堅牢《けんろう》に見える石橋も崩落《ほうらく》する危険があるから、用心に用心を重ねろって言いたいんだろうけど、ぶっ壊してどうするんだ、って話だ。

壊してしまったらどうやって渡るのか、と聞いたら、新しく作ればいい、と言われたけど……ホントに暴論だなぁ……。

「フィガロ様、我らは準備がありますので失礼したいと思います。よろしいでしょうか」

コブラに声をかけられて初めて、考え込んでしまっていたことに気付く。

「問題ないよ。何かあればウィスパーリングで連絡する。そっちも何か不都合とかあったら連絡してきて構わないから」

「かしこまりました。それでは失礼いたします」

その言葉でトロイの面々が立ち上がり、部屋から出ていく。

構成員達の後ろ姿を見送りながら少しだけ感傷《かんしょう》に耽《ふけ》る。

ランチアに来る前はこんな事想像もしていなかった。

仲間が出来て、部下が出来て、あまつさえ国家の一大事に自分が関わっているのだ。

どこの創作小説だと笑いたくなるが、事実は小説よりも奇《き》なりだな、と思ってしまう。

家名が無くても人はついてきてくれる、そう気付かされた。貴族になって家名を得て権力が欲しいわけじゃない。

家名なんて要《い》らない、普通に生きていければいい、と少し前までは思っていた。

でも権力を持つ者達と渡り合うには、家名と権力が必要なのかも知れない。

家名を持つ貴族は腐っても貴族だ。一般人が手を出せる相手じゃない。

クリムゾン公爵が国にとって害悪なのは話を聞いても明らかだが、貴族のトップである公爵とやり合うには……力が無さすぎる。

「力が、欲しい」

思わず口から溢れ出た本音《ほんね》、しかし聞いている者はいなかった。

この時初めて、俺は家名が欲しいと思った。

◇◇◇

パーティ当日、時刻は昼下がり。

前日の打ち合わせ通り部隊の潜入を開始した。

王宮に通じる場所は跳ね橋のみで、来賓の人々と思われる馬車が列を成していた。

結局ドライゼン王から、部隊を正面から入れるのは難しい、と言われてしまったので、ここからは力技での潜入を試みる。

「【イグジステンスゼロ】」

王宮の裏手にある森の中で、隠密部隊がスクロールを発動させる。

幽霊屋敷へ潜入する際にも使った【イグジステンスゼロ】――対象者の存在を認識出来なくさせるアルピナ特製の魔法だ。

正攻法での侵入《しんにゅう》が無理だと分かった後、すぐにアルピナへ、スクロール製作を依頼したのだ。

イグジステンスゼロの効果により、トロイ構成員総勢五十人の存在が一気に掻き消える。

「よし、行くぞみんな」

チーム分けされた構成員はそれぞれをロープで結《むす》び、お互いの存在を認識出来るようにしている。

もちろんロープにも【イグジステンスゼロ】の効力は発揮されているので、周囲からは全く見えない。

そして俺は、存在が感知出来なくなった構成員達を引き連れて堂々と跳ね橋を渡り、兵士と挨拶を交わして王宮敷地内に入った。

これで全ての部隊を王宮敷地内へ潜入させる事に成功した。

ハンドサインで後方に居るはずの構成員達へ合図を送り、数十分後、ウィスパーリングを起動させた。

「こちらフィガロ、各班返事をしてくれ」

「こちらアルファワン、異常なし」

「ブラボーワン、配置に就きました」

「チャーリーワン、ＯＫです」

「デルタワン、問題ありません」

「こちらエコーワン、正面にシャルル王女を視認《しにん》、花を愛《め》でています。可愛いです」

「各班了解した。エコーは深追いに気を付けるんだ、シャルルは可愛いからな」

続けて二班目からの報告も入り、全部隊が無事に配置に就いた事を確認した俺は、聖護《せいご》鳳凰殿《ほうおうでん》の裏口へと回り、中に入っていった。

◇　◇　◇

聖護鳳凰殿の内部にある給仕室の扉を数度ノックした後、ゆっくりとドアノブを回して中へ入る。

「お待ちしておりました、フィガロ様。制服はこちらにご用意してあります」

室内にはパーティの準備を進めていたタウルスがおり、柔和な笑顔で出迎えてくれた。

「それじゃ着替え……て……？」

テーブルに置かれた制服を手に取り、広げた瞬間、俺は言葉を失った。

「な、なんですかこれ……？　間違えてませんか？」

「いえいえ、それがシャルル様より承《うけたまわ》った指示でございます。お顔などはこちらのメイドが担当させていただきます」

顔を引きつらせながら聞くも、タウルスとメイド達は満面の笑みで現実を突きつけてくる。

手に持っている制服の仕立ては素晴らしい物で、王宮務《づと》めの品位が感じられる服だった。

黒と白でまとめられたデザインはシンプルだが、所々に金の刺繍《ししゅう》が入っていてとても綺麗だ。

問題なのはデザインでも色でも何でもない。

フリルの付いたエプロンにホワイトブリム、パリッと糊《のり》がきいたワンピース、ボリューミーなパニエ、シワひとつないベスト。

そして踵《かかと》が少し高くなっている女性用のパンプス。

「これ！　メイドさんの制服じゃないですか！　無理ですよ無理！　何考えてるんですか！」

「大丈夫ですよフィガロ様、サイズはピッタリのハズでございますから」

俺の悲痛《ひつう》な叫びもなんのその、タウルスは笑みを崩さぬままシレッとそんな事を言う。

「フィガロ様、メイクは私達が行いますので安心してお着替えくださいませ。シャルルヴィル王女様の言いつけでございます、何卒ご理解を」

とても爽やかな笑みを浮かべるメイドさんの雰囲気に負け、思わず一歩後ずさってしまう。

あいつ……覚えてろよ……。

こんな所で国家権力使ってんじゃないよ。

タウルス達はシャルルからの指示を守っているだけで悪気は無いのだろう。

見た感じ他に制服は用意されていないっぽいし……。

「ホントにこれ着るんですか……」

「『普段から王宮に出入りしているフィガロの面は割れています。重鎮《じゅうちん》達にレマットの手が回っていないとは思えないので、念には念を入れて、姿を変えて潜入してもらいたいのです』とシャルル様は仰《おっしゃ》っておりました」

至極《しごく》もっともな意見だが、すごく納得したくない気になる。

拒否《きょひ》した所で着替えなければ潜入は出来ないし……。

「分かり……ました……よろしくお願いします……ぐすっ」

涙目になっている俺の肩にメイドさんの柔《やわ》らかな手が優しく触《ふ》れた。

それだけで、まるでこれから死刑台に連行されるような気持ちになる。

鬱々《うつうつ》とした感情を秘めながらメイドさん達に服を脱《ぬ》がされ、実に手際《てぎわ》良くメイド服を着せられていく。

無造作《むぞうさ》に伸びた俺の髪がブラシでとかされ、精製油《せいせいゆ》で綺麗に整えられていく。

メイドのシンボルであるホワイトブリムを頭の上に載《の》せられ、胸元にリボンをあしらわれて着替えは完了した。

「うぅ……泣きたい……シャルルめ……ホントに覚えてろ……もっともらしい事言いやがって……絶対に面白がってやってるとしか思えない……」

「よくお似合いですよフィガロ様！　線は細いし身長も低くって、本当に女の子みたいです！　さ、次はメイクです。こちらに座ってくださいませ！」

「うう……褒められてる気もしないし、嬉《うれ》しくもないです……」

人の気持ちなどつゆ知らず、メイドさん達はきゃっきゃっと黄色い声を上げながら、俺を椅子へ座らせた。

タウルスは感心したような表情をしているし、メイドさんの目には炎のようなものが灯っている。

我《わ》が名はフィガロ、女装経験は無かった。

◇　◇　◇

「うわーー！」

給仕室に少女の歓声が響き渡る。

声の主はシャルルであり、シャルルが見ているのはメイド服を着せられてバッチリメイクの俺である。

「わあああ！　すごく！　すごーく可愛いわよフィガロ！　やっぱり私の見立て通り、とっても似合ってるわよ！　うふうふうふえへへ可愛いーー！」

瞳を輝かせながら、俺を抱きしめるシャルル。

香水を付けているのか、甘くて華《はな》やかな香りがフワリと漂い鼻腔を満たした。

「ど、どうも……いやそうじゃなくてお前！　絶対に楽しんでるだろ！」

「そりゃね？　パーティだし楽しんでいきましょ？」

「パーティの話じゃない！　俺の服の話だ！」

やや口調を荒《あら》らげて突っ込んでみるも、シャルルの返答は――。

「タウルスから聞いてるでしょ？　フィガロは王宮の人達に面が割れてるの。でも貴方は正式に護衛の任務を受けてないし、守護騎士でもない。貴族達はそういう所を目敏《めざと》く突いてくるし、部外者と言われてしまうかもしれないの。貴族の中にはフィガロを快く思っていない人物もいるわ。フィガロがさっさと私との婚姻を認めて正式に発表していれば、こんな事にはならなかったのよ？」

眉根《まゆね》に皺《しわ》を寄せ、至極真剣な表情で説《と》き伏せられてしまった。

「はい。委細承知いたしました、オウジョサマ」

「よろしい」

腰に手を当てて胸を張るシャルルは、いつもより数倍はキラキラと輝いていた。

頭の上には豪華《ごうか》な装飾《そうしょく》のティアラ、額には金糸《きんし》で編まれたような精巧《せいこう》な作りのサークレットが着けられている。

髪は全体的にボリュームが出ており、緩いカールがいつもより多めに巻かれていて、華やかな雰囲気を出している。

赤とピンクを基調《きちょう》にした背中が大きく開いているドレスも、シャルルの華やかさを引き立てるいい素材となっている。

「ねぇねぇ！　これどうかしら？」

シャルルはそう言うと、手を広げてその場でクルクルと回りだした。

遠心力によりドレスの裾《すそ》がフワリと持ち上がり、太腿《ふともも》がちらりと顔を覗かせる。

思いがけない光景にドキリとするが、慌《あわ》てて視線を足元に向け、履《は》いているハイヒールに注目する。

薄いピンクのハイヒールを履いた足先には大きなリボンが巻かれ、リボンの先端は足首まで伸びて結ばれていて、大人っぽいものだった。

「綺麗、だよ」

「そうでしょそうでしょ！　この靴《くつ》は母様からいただいたの！　元気になったら履いてやるってずっと思っていたのよ！　これが履けるのもフィガロのおかげ、ありがとね！」

あまりの可憐《かれん》さに圧倒され、たどたどしく語彙力《ごいりょく》も無く褒めると、太陽のような笑みを浮かべたシャルルが跳ねるように近付き――。

耳元で「チュッ」と何かを吸うような音が聞こえた。

咄嗟《とっさ》の事で、何の音か分からなかった。

それが頬にされたキスの音だと分かるまでに、数秒の時間がかかった。

理解した瞬間から、顔から耳の先まで紅潮《こうちょう》していくのが分かる。

キスをされた場所を手でそっとなぞり、目の前のシャルルを見つめる。

シャルルも恥ずかしそうに頬を赤らめ、手で唇を押さえていた。

「さ、行きましょう、フィガロ！　いえ、フィーちゃん！」

「フ、フィーちゃん……？」

頬のキスだけで何かが報《むく》われたような気すらする。

これが王女という存在なのだろうか。

これがシャルルの魅力《みりょく》なのだろうか。

無邪気《むじゃき》に笑うシャルルを見ると、女装の一回や二回、どうってこと無いように思えてしまうから不思議なもんだ。

「かしこまりました、王女様」

「ほら、タウルスとみんなも行こ！　そろそろお客様がホールに入ってくるわよ！　配置に就きなさい！」

ヒールを鳴らして部屋から出ていくシャルルの後ろ姿に見蕩《みと》れていると、ポンポンと肩を叩かれる。

振り返るとタウルスがにこやかに笑っている。

「あんなに楽しそうなシャルル様は初めて見ました。貴方と居られる事が相当嬉しいみたいですね」

「そ、それは……」

「シャルル様をよろしくお願いします。さ、お話はここまで！　クラリスは調理場と待機しているメイド達へ声をかけてきなさい！　ウララとサララは受付の総指揮！　レミーはフィガロ様と共にお飲み物を用意！」

タウルスの目が真剣なものに変わり、手を叩いてメイド達へ指示を飛ばす。

会場に入るメイドの数は総勢五百人。

対して来賓の数は千人を超える、かなり大規模なパーティである。

何が起きるか分からない、一種の戦いのような雰囲気がタウルス達から溢れ出ていた。

潜入させた部隊の数に不安を覚えるが、来賓が全員敵というわけでは無い。

俺は俺の仕事を、構成員達には構成員達の仕事をこなしてもらうだけだ。

「頼むぞバルムンク」

バッグの中に手を入れてシキガミを起動させると、光球が勢いよく飛び出し、見るまに大鷲《おおわし》の姿へと変化した。

バルムンクは二度三度俺の周りを飛び回った後、開いている扉から外に飛んでいった。

これで準備は万端《ばんたん》だ。

◇　◇　◇

「これは……すごいな……」

セレモニーホールに、怒涛《どとう》のように来賓が流れ込んできた。

セレモニーホールの入口では、メイドさん達が二十人態勢で受付を行う。

来賓は二人だけの人もいれば、十人程のグループもいて組み合わせも様々だったが、共通して言えるのが、皆煌びやかな衣装《いしょう》に身を包んでいるという事。

俺のポジションはウェルカムドリンクの補充だ。

用意された色とりどりのカクテルやワインを、来賓に選んで持って行ってもらうのだ。

無くなりそうになれば、メイドさんのバーステーションを行き来して補充を行う。

カクテルのどれもが色鮮《いろあざ》やかで、カットしたフルーツやオリーブなどで装飾されている。

「これがお酒なんだもんなぁ……大したもんだ……」

「フィーさん、貴方は今メイドです、言葉遣いに気を付けてくださいませ」

「むぐっ……」

カクテルを見ながら思わず漏れた独《ひと》り言《ごと》は、横にいるレミーにしっかり聞かれていた。

言葉遣いも指摘され、つい手で口を塞いでしまう。

その様子をちょうどドリンクを選んでいた来賓に見られ、怪訝《けげん》な顔をされてしまった。なるべく喋るのを控えよう、と思った瞬間だった。

「キミは見ない顔だね、最近入った子かい？」

ドリンクを選んでいた初老の男性が俺を見て話しかけてきた。

目の色は茶色で、頭に混じった白髪の割にがっしりとした体付きをしており、顔には大きな傷跡《きずあと》があった。

「ひぇっ！　あ、あの、お、わた、あたし？　は……」

「これはこれはベネリ様、遥々《はるばる》とおいでいただきありがとうございます。この子はフィーと言いまして、タウルス様の遠縁《とおえん》の娘でございます。作法の修業《しゅぎょう》として、先日から王宮で働いているのですよ」

ダンディなおじ様にどう反応すればいいのか分からずあわあわしていると、レミーが実に自然な流れで助け舟を出してくれた。

この人がドライゼン王の末弟、ベネリ卿《きょう》か。確か大公の爵位を持ってるんだっけか。

「は、初めまして。フィーでございます。色々と至らない点も多く、タウルスおじ様やレミーお姉様から、ご指導いただいている身でございます。今晩は来賓の方々がごゆるりとお楽しみいただけますよう、全霊を賭《と》してお手伝いする所存《しょぞん》でございます」

いつもより声を高くし、自分の持っている知識を総動員して入ったばかりのメイドを演じる。

遠縁だのなんだのはレミーの即席だろうが、お膳立てしてくれたのならしっかりと乗るべきだ。

「そうかそうか！　タウルスの遠縁にこんなに可愛らしい子がいたとは！　言葉遣いなども丁寧で先日からとは思えない。きっと教養のある子なんだろう？　頑張ってくれたまえよ！　それでは失礼するよ」

ベネリ卿はカクテルには手を出さず、赤ワインが注がれたグラスを手に取り去っていった。

ほっ、と胸を撫で下《お》ろし、次々と訪れる来賓へドリンクを提供していると……。

「フィーさん、どこでそんな言葉遣いを覚えたのです？　まるで貴族様のような振る舞いでびっくりですよ。しかもレミーお姉様だなんてそんなそんな……うふふ」

さり気なくレミーが囁いてきた。

レミーと顔を合わせるのは今日が初めてだ。

ドライゼン王とシャルルとの会食の際も居なかったと思うし、俺の詳細は伝わっていないらしい。

「昔、ちょっと齧《かじ》った事がありまして……姉様はダメでしたか？」

「そうだったんですね。いえいえ！　是非ともレミーお姉様と呼んでください！」

来賓に笑顔とドリンクを振りまきながらヒソヒソと話を続ける。

「来賓の方々はどういう基準《きじゅん》で招待されているのですか？」

「そうねぇ、私もよくは知らないですけど、国内の貴族様、領主様方はもちろん、地主様、豪商の方々、近隣《きんりん》の領主様なんかは確実にお呼ばれしていますね。後は著名《ちょめい》な方々ですかね？」

千人規模の大パーティなんて生まれて初めての経験だ。

不本意ながらメイドに変装《へんそう》しての参加となったが、一息ついてパーティ会場を見回すと、改めてその迫力に圧倒される。

料理は立食《りっしょく》のビュッフェ形式で、会場の左側にこれまた豪勢《ごうせい》な料理が並んでいる。

もちろん俺は食べられないし、混じって楽しむなんて出来はしない。

メイドの仕事をこなしながらも、頭の中には潜入させている部隊からの報告が随時《ずいじ》流れているのだ。

こんなはずじゃ無かった、と思いながらもせっせと仕事をこなしていく。

「お疲れ様です、フィーさん。来賓は全て場内に案内出来たそうです。この場を片付けて次のお仕事に取り掛かりますよ」

「は、はい。レミーお姉様」

レミーの歳はコブラと同じくらいだろうか。

線は細く、背も高い。

俺が横に並んでも彼女の三分の二ほどしか身長がない。

図《はか》らずも上目遣《うわめづか》いで見上げる形になるのだが、レミーがなぜか頬を紅潮させて俺の頭を撫でた。

「はぁ……可愛いわぁ……この胸のざわめきは何でしょうか……」

「あ、あの、次のお仕事は……」

「はっ！　ごめんなさい！　それじゃ次行きますよ、次！」

ジュルリと口の中の何かを啜ったレミーはいそいそとテーブルを片付けた後、俺の手を引いて場内の端へと向かった。

そこはどうやら使用済みの食器やグラスなどを回収する場所のようで、長方形に開いた壁の穴からは奥の洗い場が見える。

「今からフィーさんには、私と一緒に場内を回ってもらいます。場内を回りつつ、テーブルにある使用済みの食器やグラスを回収して、ここへ持ってきてください。あ、でも、その前にそろそろ始まると思いますので、ちょっとだけ待機ね」

待機しながら皿はここ、ナイフやフォークはここ、ゴミはここ、と説明を受けている最中に、突然照明が落ちて場内が真っ暗になる。

「ランチア守護王国現王であらせられるドライゼン・ランチア王、そしてシャルルヴィル・

ランチア王女のご登壇《とうだん》でございます」

場内の一番奥には数段高い雛壇《ひなだん》があり、玉座とシャルル用の椅子が置かれている。

どういう原理なのか、その付近だけが上から光に照らされていた。

ステージ横から剣を構えた騎士が一歩一歩ゆっくりと進み、少し後からドライゼン王、それに続く形でシャルル、最後に二人の騎士がクローズドヘルムを脇《わき》に抱えて出てきた。

気付けば俺以外の人は全て跪《ひざまず》き、頭を垂《た》れている。

俺も急いで跪き、周囲と同じように頭を垂れる。

その時、頭の中に声が聞こえた。

「こちらブラボーワン。建物外を警備中の衛兵達が、メイドの中に見知らぬ人物がいる、一目見てこい、と話しておりますが……そちらは大丈夫でしょうか」

いやそれ絶対に俺の事じゃん。

「だ、大丈夫だ。メイドはこっちで調べてみる、引き続き警戒を頼む」

「ブラボーワン了解、警戒を続けます」

なぜ俺の事が話題になっているんだ？

まさか怪しまれている……？

確かに来賓の数が多いため、衛兵も数多く配置されていて警備は厳戒《げんかい》態勢そのもの。

不審《ふしん》な人物が居れば報告・連絡・相談が飛び交うのは道理だけど……兵士達は俺がメイ

ドとして潜入している事を知らされていないのだろうか？

ささやかな疑問に首を捻っていると、ドライゼン王とシャルルが席に着き、場内の明かりが元に戻る。

「顔を上げよ。今日は皆忙しい中来てくれてとても嬉しく思う。ゆっくりと楽しんでいって欲しい。しかしパーティを始める前に一つ、此度のアンデッドとの戦いで命を落とした者が多数居る。我がランチアの誇る守護騎士団の一人も命を散らした……勇敢《ゆうかん》に散っていった者達へ敬意《けいい》を表し三分間の黙祷《もくとう》を行いたいと思う。皆の者、よろしいか？」

頭を垂れる者達から異論の言葉は無い。

「では、黙祷」

王の言葉を受け、場内は静けさで満たされていく。

来賓はもちろん、メイドや衛兵、厨房《ちゅうぼう》の料理人すら手を止めているのだろう。

「よし、皆の者ありがとう、面《おもて》を上げよ」

三分が経《た》ったのだろう。ドライゼン王の言葉に、頭を垂れていた全員が立ち上がり、拍《はく》手《しゅ》が沸《わ》き起こる。

王が手を上げると、拍手はピタリとやんだ。

「はぁ、いつ見てもドライゼン陛下ってダンディよねぇ」

来賓の中からそんな声がチラホラと聞こえる。

見れば、メイド達の何人かも目をハートにして王を見つめており、意外にも女性人気が高い事を知った。

「なんでもシャルルヴィル王女は体質を克服《こくふく》なされたそうだぞ」

「だからあんなに血色《けっしょく》が良いのか！　窓際の憂う王女も儚《はかな》げで良かったが、今の王女殿下も良いな！　王女殿下の笑顔は太陽のように力強い生命力が溢れているようだ！」

「いつ見てもお美しいお方だ。まるで月がそのまま降りてきたように荘厳で静かな美しさを漂わせているな」

貴族の嫡男《ちゃくなん》達だろうか、三人の青年がシャルルをこれでもかというぐらい褒めたたえている。

よくもまぁそんなに例える文句が浮かぶよ。

デレデレ見蕩れてんじゃないよ、全く。

でも分かるよ、あれはズルいよ、見蕩れるのも致し方あるまい。

「俺、シャルル王女にプロポーズしようと思ってるんだ」

は？

「やめとけやめとけ、既に伯爵家《はくしゃくけ》の長男とお見合いしたそうだぞ？」

「なにぃ⁉　あの馬鹿の単細胞がか⁉　俄然《がぜん》燃えてきたね！　っざけんなよ！　王女殿下の手をとるのはこの俺だ！」

お前こそふざけんな。

どうやら三人は顔馴染みらしく、実に仲良さげにシャルルについて語り合っていた。にしてもお見合いって何だよ、俺知らないんだけど……くそ、めっちゃ気になる。

「では王宮が誇る宮廷楽団による演奏と共に、しばしの歓談としようではないか。酒も料理もたくさん用意してある、存分に楽しんでくれ！」

思わず青年達に声をかけようとしたちょうどその時、王の言葉と共に艶《あで》やかな音楽が流れ始めた。

弦楽器《げんがっき》がメインのスローテンポな曲調《きょくちょう》で、一組、また一組と男女がペアになり、場内の中央で踊《おど》り始めたのだった。

「社交ダンスかぁ……やった事ないや」

社交ダンスは貴族の嗜《たしな》みであり、貴族に生まれたからには必ず習うと言っても過言ではない。

普通は四、五歳くらいになるとダンスの先生を家に呼び、個人レッスンが始まる。

だがそれはまともな人間の貴族の場合だ。

俺の場合は体が欠陥品だったために、習っていない。俺が会得《えとく》していない貴族としての嗜みは結構多いのだ。

「おいおいおいおい、マジかよ！」

くるくるヒラヒラと舞い踊る貴族達を見ながら過去を思い出していると、シャルルをモノにすると息巻いていた青年が突然騒ぎ出す。

青年の視線は壇上《だんじょう》のシャルルへ向けられている。

シャルルはドライゼン王に何か言われたのか、少しむくれながら壇上からフロアに降り立った。

ダンスフロアと化した場内への予期せぬ王女の参入に周囲はどよめき、シャルルの周りからは波が引くように一気に人が居なくなってしまった。

どよめきを受けながらもシャルルはドレスの裾を摘《つま》んで一礼する。

「王女殿下とお近付きになるチャンスじゃないか！　こんな事は滅多《めった》に無い、この機会を逃すほどお前は愚《おろ》かじゃないだろ？」

三人組の一人が息巻いていた青年の背中を強く叩く。

青年はしばし思案していたようだが、意を決したように人混みを掻き分けフロアの中央まで進んでいった。

ええ、ちょっと何してんの……。

見物人が人垣《ひとがき》となってしまっていて、邪魔であまりよく見えない。

急いでバーステーションにあった脚立《きゃたつ》を引っ張り出して上に乗り、シャルルの動向を追う。

シャルルと踊りたいのはさっきの青年だけではないようで、何人かの青年貴族がやきもきしているのが見える。

一礼を終えたシャルルは、静かにフロアの中央まで進み出て、周囲を窺った。

踊る相手を探しているのだろうか。

すると、人垣を掻き分けて一人の男性がシャルルの前に出て礼をした。

「あれは……先程のベネリ大公様ね」

隣にいたレミーがぽつりと呟いたのを聞いて納得した。

ドライゼン王はベネリ大公と踊ってこいと言ったのだろう。

きっとそうだ。そうに違いない。

そう思わせてください、お願いします。

「こちらアルファツー、我々の近くで初老の男と赤髪のメイドが身を潜めるようにして話しております。言い争っているようですがよく聞き取れません、もう少し寄りますか？」

「こちらフィガロ、その男とメイドはスルーでいい。アルファツーはそのまま待機だ」

脳内に届いた報告に引っかかりを覚えたが、どうせメイドと官僚の禁断の恋みたいなものだろ。

大体が報われないんだと、姉様が言っていたのを思い出す。

ベネリ大公と踊り終えたシャルルに、今度は違う青年貴族が近寄って跪き、ダンスを求めている。

シャルルは嫌な顔もせず青年貴族の手を取って踊り始める。

見ているだけなのがとてももどかしく、胸の内がざわめく。

この気持ちはなんだろう、初めて抱く胸のざわめきに戸惑うも、部隊からの報告は続く。

「こちらチャーリーツー！　大変です！　三階バルコニーに死神が！　ボス危険です！

死神のような様相《ようそう》のアンデッドがバルコニーに！」

「こちらフィガロ、アンデッドには手を出すな。部隊の目的は監視だ、戦闘行為をして存在をバラす必要は無い。アンデッドが動く時にまた連絡してくれ」

「こちらエコーワン、北側城壁上の衛兵達が何やら、城壁の外を指さして騒いでいます。詳《くわ》しくは聞き取れませんが一人の衛兵が走って行きました」

「こちらフィガロ、すぐにバルムンクを向かわせる。報告ありがとう」

シャルルは数人の青年貴族と短時間のダンスを踊り終えた後、壇上へと戻っていった。

構成員達からの報告に意識を向けていたせいか、シャルルのダンスをまともに観《み》る事が出来なかったのが悔《く》やまれる。

シャルルとダンスを共にした貴族の中に、先程息巻いていた青年の姿もあり、その表情は恍惚《こうこつ》としていた。

「おい！　やったな！　何か話してたみたいだけど何だったんだ？」

「あぁ、最高だった……話に関しては俺もよく分からないんだ。貴方はお父上を信じるか、国を信じるか、どちらなのか、と」

「なんだそりゃ……で、なんて答えたんだ？」

「俺は両方とも信じている、その時が来なければ分からない、と」

「ふぅん……王族の考えは分からないな」

青年同士の話に耳をそばだてつつ、報告のあった北側にバルムンクを向かわせる。

気になる事が同時に起こるなんて、嫌な状況だな。

チャーリーツーの言っていた死神というのが気になる……行ってみるか。

「すいません、レミーお姉様、トイレに行ってきてもよろしいでしょうか」

「お腹《なか》痛いんですか？　いいですよ」

「すいません、行ってきます」

何やら作業をしているレミーへ断りを入れ、足早に三階へと向かう。

衛兵とすれ違う度にお辞儀《じぎ》をしなければいけないのがもどかしい。

「なん……だ、これ……」

三階への階段を上りきった時、視野を共有していたバルムンクがソレを捉《とら》えた。

城壁から僅か一キロ先に、こちらへ進軍するアンデッドの大集団を発見したのだ。

「またかよ！」

アンデッドは全て【スカルデッドアーミー】で構成され、一糸《いっし》乱れぬ動きは統制された軍のようだ。

スカルデッドアーミーの進軍先は考えずともここ、王宮だろう。

王宮の周りは高い城壁と広い堀によって守られているが、呼吸を必要としないアンデッドにとって堀など意味は無い。だが、高い城壁を易々と突破《とっぱ》出来るとは思えないのでまだ時間はあるだろう。

「くそっ！　何でだ！　アエーシェマは倒したはずなのに！」

『おや、少年じゃないか。なぜメイドの格好をしているのだ？』

聞き覚えのある声が背後から聞こえた。

「え、リッチじゃないか、何してんのこんなとこで！　さては報告にあった死神ってアンタの事か！　ねぇホント何してんの⁉」

つい先日サヨナラをしたばかりだというのに、幽霊屋敷に二百年引きこもっていたリッチがそこに居た。

クライシスによって人間の姿に戻ったはずなのになぜ、リッチの姿に戻っているのだろうか。

『少年がクライスラー殿《どの》の所へ魔道具を取りに来ただろう？　その時にパーティがどうとか言っていたのでちょっと見に来たのだよ。実に楽しそうではないか』

「ちょっと見に来たじゃないよ！　なんでリッチの姿になってんのさ！　思いっきり見つかってるし、もう少しこっそり行動してよね⁉　『人を殺してしまう』とか言ってたのは、どこの誰だったたっけ⁉」

『ま、まぁまぁ。そんなに息巻くでないぞ少年。人間の姿では飛べんのだよ。それに夜だし、空飛んでくれれば見つからないかなって思ったのだよ』

骨の体をカチャカチャと鳴らしながら言い訳をするリッチはどこか滑稽《こっけい》に見えて、怒る気も失《う》せてしまった。

「来ちゃったもんはもういいよ……それより外のスカルデッドアーミーの大軍、あれ何？　友達連れてきたの？」

『スカルデッドアーミー？　冥軍の者達がどうかしたのか？　ちなみに我に友達は居ないぞ』

小首を傾げるリッチの様子から、スカルデッドアーミーが近くに迫《せま》っている事を知らないのは本当のようだ。

バルムンクが発見したスカルデッドアーミーの様子をリッチに伝えると、

『なんとなんと。人騒がせな輩どもよ。我が行って追い返してこようぞ』

「いいのか？」

予想外の答えに若干《じゃっかん》戸惑っていると、リッチは静かに笑いだした。

『ククク……良いとも……あんな楽しそうなパーティを台無《だいな》しにするのは勿体ない。ついでに二百年溜《た》まった鬱憤《うっぷん》を晴らして来よう。なに、スカルデッドアーミーのような木っ端どもが千や二千集まった所でこのリッチの敵では無い。少年はゆるりとパーティを楽しむがいい。ちょうどダンスも終わったようだしな』

確かにリッチの言う通り、階下では割れんばかりの拍手が鳴っている。

アンデッドでありながら人の世を楽しむ不思議な存在だが、リッチが味方してくれるのは心強い。

ただ鬱憤を晴らしたいだけで、ちょうどいいカモが現れたからとも思えるが、今はその言葉に甘える事にする。

「ありがとう、存分に楽しんできてくれよ？」

『ハハハハ！　少年もな！　ではまた会おう！』

ボロボロのローブを翻《ひるがえ》し、窓から飛び立っていくリッチを見送り、階段を下りていった。

階下ではドライゼン王が立ち上がり、演説を行っている。

ステージの前には来賓達が集まり、黙って王の演説に耳を傾けていた。

「此度の戦いは非常に希《まれ》なケースである。残念な事に多くの死傷者も出た。しかし市街地への侵入を防いだ勇敢な兵士達は賞賛《しょうさん》に値する。原因は未だ調査中だが、いずれ確かなものとして皆へ公表しよう。戦闘の騒ぎのさなか行方不明となった我が弟レマットの所在《しょざい》も明らかにせねばなるまい」

　王が一度そこで言葉を切って来賓達を見回す。

　すると、一人の長身の男が王の眼下へ赴《おもむ》き、王へ言葉を投げかけた。

「お待ちください、ドライゼン王よ」

「クリムゾン公爵か……どうした」

「此度の戦いは、国営墓地の管理不行き届きが原因、と言われているのをご存知か？　アンデッドどもはその墓地から湧き出したとこちらの調べで分かっております。国営というのは王の管理責任が問われるのではないですかな？」

　あれがクリムゾン公爵か……わざとでかい声で喚《わめ》いているのは、全ての者へ声を届かせるためだろう。

　あの言い方は、戦いの原因はドライゼン王にあると言っているようなものだ。

　ここで食ってかかるのは、クリムゾン公爵側はそれなりに準備をしている、という事なんだろう。

「確かにあの墓地は国営である。しかし此度のアンデッド達は意図的に呼び出されたとされておる。卿はこのドライゼンに責任があると言いたいようだが……」

「しかも！　王弟であるレマット殿が行方不明とはどういう事ですかな？　もしやレマット殿が何か知っていてわざと表に出さないのではないですか？　戦場に悪魔や魔獣が降り

立ったという話も聞いております。その上悪魔はこの王宮側からやって来たという証言も取れております。この事態をいかに言い逃れされるのですか？」

「貴様！　ドライゼン王のお言葉の途中であるぞ！　不敬《ふけい》にも程があるのではないか！」

王の横に控えていた守護騎士の一人が剣を抜き、クリムゾン公爵へ向けた。

憤慨した守護騎士の言葉と抜き身の剣を向けられても、クリムゾン公爵はニタニタと下《げ》衆《す》な笑みを浮かべ、余裕の表情を崩さない。

王が話している途中に割って入るなど、不敬罪で即捕《と》らえられてもおかしくはない。

そうされないのは、公爵たる権力を持っているからこそなのだろう。

シャルルも顔を真っ赤にしてクリムゾン公爵を睨み付けている。

黒幕がレマットだと言えたら良いのに、と思っているのだろうか。

だが今ここでレマットの暗躍《あんやく》がアンデッドの襲撃に繋がっている、などと言ってしまえば、それこそ王家の問題になる。

クリムゾン公爵がそれを逆手《さかて》に取り、あれこれ糾弾してくるのは目に見えているし、かなり悪手なのは分かり切った事だ。

それを分かっているからこそ、シャルルは何も言えないのだろう。

「さぁ！　お答えください、ドライゼン王よ！　我ら民草《たみくさ》の前で嘘偽《うそいつわ》りなく、真実をお答えください！　剣を抜き脅《おど》されようとも、クリムゾン家は屈しませんぞ！」

手を開き、大袈裟な仕草で話すクリムゾン公爵は愉悦《ゆえつ》の表情を崩さない。

あれは真実を知っている言い方だ。

知っているからこそ、あそこまでの態度をとれるのだろう。

しかし、クリムゾン公爵の余裕はそこまでだった。

『あーもう、めんどくさいよ。こういうまどろっこしいの、本当にめんどくさい。大人しく見てろってこのオッサンに言われたから、こんな格好までしたけどさ。さっさと殺しちゃえばいいんだよ。こんな風にね』

二重音声のような声が場内に響きわたり、クリムゾン公爵の顔から笑顔が消えた。

周囲にどよめきが広がり、その原因がクリムゾン公爵の背にある事が分かった。

『アエーシェマ様が何でこんな国を欲しがったのか、僕には全く分からないよ。しかも国に固執《こしつ》して自分が滅ぼされちゃうんだから世話ないよね』

クリムゾン公爵の背後に一人のメイドが立っていた。

立っていたと言うよりは、今この瞬間に突如《とつじょ》出現したと言ってもいいだろう。

腰の辺まで無造作に伸びた燃えたぎる炎のように赤い髪、爛々《らんらん》と光る赤い瞳。

赤髪のメイドは、公爵の背に寄りかかるようにして立っており、左手はだらんと垂らしていて、右手は——。

「貴様か！　報告にあった不審なメイドというのは！　公爵から離れろ！」

公爵の胸を背中側から貫いていた。

「きゃあああ！！！」

間近《まぢか》にいた来賓の夫人が金切り声を上げて叫んだ。

凄惨《せいさん》な光景を目《ま》の当たりにした来賓達がその場から離れようとする。

『動いたら殺すよ？』

だらりと伸ばした赤髪メイドの左手が霞《かす》んだように見え、ガチン！　と硬質《こうしつ》な音が鳴る。

『チッ……そういや忘れてたよ。ねぇドライゼン王陛下？』

言葉とは裏腹《うらはら》に、愉悦の表情を浮かべて話すメイドの視線の先には、逃げようとした来賓を殺そうと投げられたナイフが三本、空中でピタリと止まっていた。

見えない壁に阻《はば》まれているかのようだ。

赤髪メイドが目にも留《と》まらぬ速度で手を振り、いつの間にか出したナイフを投擲《とうてき》したのだ。

「我の目の前で国賓を殺《あや》めるなど、断じて許さんぞ、妖魔め！」

玉座から立ち上がり、両手を前に押し出すような形を取り、憤怒《ふんぬ》の表情でドライゼン王が吠《ほ》えた。

『注意しろって言われてたんだよねー。ランチア守護王国最強最硬の壁、【絶対防壁】だっけ？　どこまで耐えられるかやってみようか？　確か絶対防壁を発動している最中は身動きが取れないんだよねぇ？』

メイドがクリムゾン公爵に突き刺した腕を引き抜くと、支えを失ったクリムゾン公爵の体は水っぽい音を立てながら床に転がった。

ピクリとも動かないクリムゾン公爵だが、確認するまでもなく事切《ことき》れているだろう。

衛兵が話していたというメイドは俺じゃなく、この赤髪メイドの事だったらしいな。

『さて……と。このくらいでいいかな』

赤髪メイドが両手をヒラヒラと動かすと、赤髪メイドを中心として円状に広がる無数のナイフが空中に出現した。

刃先は来賓達や他のメイド、衛兵や騎士に向けられており、射出《しゃしゅつ》の瞬間を今か今かと待ちわびているようだった。

『そら、ほーれ、よいしょー』

気の抜けるような掛け声と共にナイフが間断《かんだん》なく射出されていくが、ドライゼン王の絶対防壁が揺らぐことは無かった。

『やるねー！　すごいすごい！　僕の魔力で創《つく》り出した武器を全部弾《はじ》いちゃうなんてね？　でも分かってくれたよね。ドライゼンさんが絶対防壁を解いた瞬間、ここにいる全員の命を刈り取る事が出来るって、理解出来た？　君達が生き残るにはこの僕を倒すしかないんだぜ？』

端整《たんせい》な顔を邪悪《じゃあく》に歪めて笑う赤髪メイド。アエーシェマと言っていたが、こいつもあの大悪魔の下僕《げぼく》なのだろうか。

『あぁそれとね、外には僕が呼び出したスカルデッドアーミーの軍を展開させてあるんだ。目標は……どこだと思う？　はいそこのお前、答えろ』

言葉と同時に騎士へナイフが射出されるが、絶対防壁の見えない壁に阻まれる。

ナイフを投げつけられるという物騒《ぶっそう》な方法で指名された騎士が、怒りと共に叫ぶ。

「この王宮だろう！　そんな事分かり切っている！」

『はいざんねーん。どうしてそう思うんだい？　ここに王がいるからかい？　だとしたら正解でもあり不正解でもある。事実と真実のミステリーだね。質問を変えてみよう。王は国があるから王なんだよね？　じゃ国を形成しているのは何だい？　土地かい？　建物かい？』

赤髪メイドは歌うように騎士へ問いかける。

てっきり俺もアイツらの進軍先はここだと思っていたけど……違うのか？

一歩一歩歩きながら話す赤髪メイドは徐々に宙に浮いていき、見下《みお》ろした視線を騎士へ向ける。

「国は民が居てこそであろう！　分かりきった事を言うでな……い……ま、まさか貴様！」

激昂して怒鳴《どな》るドライゼン王は自分の言葉に何かを察し、怒りにより紅潮していた顔が一気に青く染まる。

『おや？　偉大なる陛下は気付いたみたいだよ？　さすがは一国の主様だねぇ。その点騎士君はダメダメだ、国の何たるかを理解していない。どうしようもないゴミクズだ、生《なま》ゴミレベルの脳みそなら僕が啜ってあげようか？』

「きっさまあああ！！　馬鹿にするのもいい加減にしろおお！」

赤髪メイドの挑発にあっさり乗った騎士が、怒りに我を忘れて飛びかかる。

『はー……本当に君は愚かだね。そんな鈍《なまく》らな剣で僕を倒せると思っているのかい？』

宙に漂う赤髪メイドの首元へ騎士の袈裟《けさ》斬《ぎ》りが一閃《いっせん》した。

しかし跳ね飛んだのは赤髪メイドの首ではなく、斬りかかった騎士だった。

赤髪メイドは一瞬で騎士の剣を指で摘んで奪い取り、その剣の柄で騎士を殴《なぐ》り飛ばした。

あの赤髪メイドのスピードは常人の域を超えており、残念だが守護騎士の実力では届かないのだろう。

「か……は……」

殴り飛ばされて床に転がる騎士は白目を剥き、戦闘不能であるのは誰の目にも明らかだった。

『絶対防壁がかかっていて良かったね？　本当なら君はもう頭がパンッてなっているところだよ』

「馬鹿な！　我の絶対防壁は衝撃《しょうげき》すら遮断《しゃだん》するのだぞ！　それがなぜ！」

『良い質問だよ、陛下。確かに君の絶対防壁はとっても、硬い。生半可な攻撃ならビクともしないだろうね？　でもね、それは雑魚《ざこ》の攻撃の場合の話だよ。陛下が相対しているこの僕をそんな雑魚と一緒にしないでもらいたい。ま、この僕が思い切り殴っても、あの程度の衝撃しか与えられないんだから大したもんだよ。誇ってもいいレベルだ』

空中から床に降り立ち腕を組んで立つ赤髪メイドだが、本当に悔しそうな表情をしていた。

『さてさて、話を戻そう。陛下が察した通り、スカルデッドアーミーが向かっているのはココじゃない。奴らが向かっているのは、国を支える民草が生活する市街地なのさ。先日の大襲撃で疲弊した兵士達は療養《りょうよう》中、城壁に詰めている衛兵はどれくらい居るのかな？　それに良い事を教えてあげよう。スカルデッドアーミーの一体一体が、君達で言う所の上級アンデッドだ。低級アンデッドにあれだけ手こずるんだから……どうなってしまうんだろうね？　あぁ悲しいなぁ』

「馬鹿な……兵を！　兵を向かわせろ！」

ドライゼン王は真《ま》っ青《さお》な顔で指示を飛ばすが、それを遮るように赤髪メイドが嘲笑《あざわら》う。

『おっと言い忘れてた。この建物には結界を張っておいた。外からは入れるけど、中からは出られないよ？　さっき動いたら殺すって言ったけど、実は外にも出られないから、どちらにせよ君達は詰んでいるのさ。いやーいいね！　絶望、恐怖、悲しみ、怒り、どれも甘美《かんび》な味の感情だ！　やっぱりさー、人間は食料以外の何者でも無いんだよ。サクッと殺してサクッと食べちゃえばいいんだ。人間を飼《か》う、とか言ってたけど、アエーシェマ様の考えは未だに分からないなぁ』

「貴様は……何者だ……」

ドライゼン王が辛《かろ》うじて声を出して問いかけると、待ってましたと言わんばかりに笑顔を見せる。

ニッコリと笑う赤髪メイドの顔は美しく、男なら揺らいでしまう程の魅力、まさに魔性《ましょう》の笑みという表現が似合う妖艶なものだった。

『よくぞ聞いてくれました！　ではでは名乗らせていただきましょう？　王の質問には答えるのが鉄則、黙っているのは良くないしね？　僕の名前はカラマーゾフさ。カラマーゾフ・アレクセイ。アエーシェマ様第一の配下、【デビルジェネラル】のカラマーゾフさ。以後お見知りおきを……って君達ここで全員死ぬんだけどね？』

「デビルジェネラルだと……？　貴様は悪魔の手先なのか！」

絶望に染まりながらも毅然とするドライゼン王はとても凛々《りり》しく、王の威厳《いげん》を未だに保っている。

その横にいるシャルルも唇を噛み締め、精一杯《せいいっぱい》カラマーゾフを睨み付けている。

『やだなぁ、手先なんじゃなくて、悪魔そのもの、だよ、陛下。レッサーデーモンやグレーターデーモンみたいな下等《かとう》生物と同じにしないでくれよ？　これでも悪魔界ではある程度名の知れた存在なのさ。ま、ジェネラルってゆー言葉で察してくれると思うけどね？』

その言葉を聞いて、全身が粟立《あわだ》つのを感じた。

赤髪メイドがアエーシェマ様と言っていた時に、ある程度予感はしていた。

懸念《けねん》の一つだったデビルジェネラルが今ここに、向こうから出向いてきた。

ならやるしかない。アエーシェマと渡り合えた俺なら、きっと出来るはずだ。

『さぁどうする陛下！　絶対防壁を切る時がこの国の最期《さいご》だよ？　絶対、絶命、だね？

アッハハッハッハッハッ！』

カラマーゾフの高笑《たかわら》いがセレモニーホールに響き渡る。

「ど、どうしよう、フィーさん……私達みんなここで死んじゃうのかな……守護騎士様があんな簡単にやられちゃうなんて……勝てるわけないよ……うぅ……」

横にいたレミーが半泣きになりながら俺の腕を握ってくる。

レミーはもちろん、この場にいる全員の顔が、同じように絶望と恐怖に染まり切っていた。

「私がいきます。皆は絶対に守ります。あんな悪魔なんてコテンパンにしちゃいますよ！」

「フィーさん……無理ですよ！　あの圧倒的な力を見たでしょう⁉」

涙を拭うこともせずに、レミーが俺の肩を揺らして悲痛な声を上げる。

普通なら無理だろう、敵うわけが無いと思うだろう。

でも、俺は普通じゃない。

昔から、今も、これからもずっと普通の人間じゃない。

普通じゃないなら、普通を守る存在になってみせる。

それが俺の、普通に生きる道なんだろう。

欠陥品で結構、ドンと来いだよ馬鹿野郎。

皆を守れる力があるのなら、ここで使うべきだ。

「安心してください。あなたは、あなた方は私が必ず守ります」

涙ぐむレミーの手を取り、安心させようと握りしめる。

「フィーさん……ダメよ……」

「何が起きるか分かりませんから、なるべく身を低くしていてくださいね」

握っていた手を離し、高笑いを続けるカラマーゾフの方を向き、大きく息を吸い込んで——。

「笑ってんじゃねーよ、三下《さんした》悪魔！」

精一杯の大きな声で叫ぶと、カラマーゾフの高笑いがやんだ。

『おい、誰だ。今僕の事を三下と罵《ののし》った大馬鹿者は』

声色《こわいろ》が変わり、冷めきった低い声でカラマーゾフが反応した。

周囲の視線が俺に集中し、カラマーゾフと俺との間の人垣が割れる。

『貴様か、小娘の分際でよくも馬鹿にしてくれたな！　その罪、万死《ばんし》に値する！』

「こう見えても男だよ！　万回も死にたくないし、どちらかと言えば死ぬのはお前だ。三下悪魔」

売り言葉に買い言葉で返し、カラマーゾフを睨み付けた後、床を蹴り飛ばしてカラマーゾフへ特攻を仕掛けた。

『遅い』

突っ込む勢いのままスピードを拳に乗せてカラマーゾフの顔面を狙ってみたが、あっさりと掌で受けとめられ、投げ飛ばされる。

「やるじゃないか。メイドの分際で」

こうなる事は想定済み、あえて遅いスピードで突っ込んで意識を俺に向けたのだ。

『僕はメイドじゃない!!　下等な人間の使用人風情《ふぜい》が何を言う!!』

上級悪魔というのは総じてプライドが高い。

ならその高いプライドを踏みにじってやればいいのだ。

「その下等な人間にこき使われてたんだろ？　ジェネラルが聞いて呆《あき》れるね」

『貴様ぁ……！　僕はアエーシェマ様の命令で仕方なく、このクリムゾンとかいう下等生物に付いていただけだ！　下等生物風情に使われる僕では無い!!』

案の定《じょう》、あっさりと挑発に乗ってくるカラマーゾフ。

さっきカラマーゾフが騎士にやった行為のブーメランだという事を、分かっているのだろうか。

「あぁそれと。スカルデッドアーミーだっけ？　それって強いのか？　例えば――リッチと比べたらどっちが強いんだ？」

『は？　リッチだと？』

突然の質問に困惑したのか、カラマーゾフの怒りが一瞬収まった。

それと同時にドタバタと走る足音が聞こえ、大きな音を立ててセレモニーホールの扉が開かれた。

「し、失礼します！　現在王宮城壁外に大量のアンデッドが発生しております！　しかし謎の勢力により戦闘が発生！　至る所に火柱が立ち上っております！　対処を！　対処はどのようにいたしますか!!」

『は……？』

血相《けっそう》を変えて飛び込んできたのは一人の衛兵だった。

王に報告する事だけを考えていたのだろう、飛び込んでくるや否や早口でまくし立て、セレモニーホールの状況を把握《はあく》出来ていないようだった。

衛兵の報告に一番反応したのはカラマーゾフだ。

何を言っているのか分からない、という顔をしている。

現場ではリッチが、二百年の鬱憤《うっぷん》を思う存分に叩き付けているのだろう。

バルムンクからの感覚共有で、笑い声を上げながら空を飛び、無造作に魔法を連発するリッチの姿が脳裏にハッキリと映っている。

地面からは火柱や氷柱が何度も上がり、リッチが手を払えば、それに合わせて放たれた魔法によりスカルデッドアーミーが尽《ことごと》く粉砕《ふんさい》されていく。

アンデッドVSアンデッドという奇妙な戦いだが、軍配《ぐんぱい》は明らかにリッチに上がった。

「報告ご苦労だった。隅に控えておれ」

ドライゼン王は極《きわ》めて冷静な声で衛兵に告げる。

衛兵は何か言いたそうだったが、ホールの現状を把握したのだろう、後ずさるように部屋の隅へ下がって行った。

『なんだよそれ！　この国にそんな戦力があるなんて聞いて無いぞ。この腐れジジィが！　くそっ！　くそっ！』

突如喚き出したカラマーゾフは、床に転がっているクリムゾン公爵の死体をぐちゃぐちゃと踏み潰し、人間の死体は肉塊へと姿を変えていく。

それはまるで子供が駄々《だだ》をこねているようにも見えた。

カラマーゾフが知らないのも無理はない。俺がリッチと知り合ったのはつい最近なのだから。

俺だって意図してたわけじゃない。もしリッチが居なかったら影の中で惰眠《だみん》を貪《むさぼ》っているクーガを叩き起こし、働いてもらおうと思っていたのだから。

「忙しい奴だな、三下悪魔。俺がアエーシェマ同様滅《めっ》してやるからかかってこいよ。さ、ん、し、た」

俺が嘲《あざけ》るように言うと、ピキリ、と空間に亀裂《きれつ》が入ったような気がした。

『ふ、ふふ、ふふふ……そうか、お前がアエーシェマ様を……なるほどなるほど……分かったよ、アエーシェマ様を偶然《ぐうぜん》倒せてしまったから調子に乗っているんだね？　完全な受肉《じゅにく》を果たしていないアエーシェマ様なんて僕でも倒せるさ。アエーシェマ様が覚醒していたならお前なんて瞬殺だったろう。アエーシェマ様の仇《かたき》、この僕が取らせていただきます』

「うるせぇな。早く来いよノロマ」

『この姿を見てもまだそんな事が言えるかな？』

挑発に挑発を重ねていると、怒りに燃えるカラマーゾフの纏う空気が変わった。

ベギンベギンと骨が鳴る音が数回、ミヂミヂという肉の裂《さ》ける音が数回、音が鳴る度にカラマーゾフの体が変異していく。

数十秒後、赤髪メイドの姿はそこには無く、三メートル近くはある巨大な体躯《たいく》に四本の腕を生《は》やしたカラマーゾフが顕現していた。

頭には二本の太い腕が生え、口には鋭いナイフのような牙がびっしりと並んでいる。

耳元まで裂けた口からは白い吐息《といき》が漏れ出ている。

『三下三下五月蝿《うるさ》いんだよゴミムシが！』

「ぐっ⁉」

カラマーゾフの腕の一本が霞むのを見た瞬間、咄嗟に腕を十字に組むと俺の体に激しい衝撃が襲いかかる。

目の前には無拍子《むびょうし》で打ち込まれた巨大な拳、アエーシェマがやっていたように魔法で自分の拳を肥大化《ひだいか》させたのだろう。

その証拠に、手首から後ろのサイズはそのままであり、悔しそうに歪むカラマーゾフの顔が見えた。

『舐めるな！』

カラマーゾフが吠え、拳の連打が俺の体に襲いかかる。

四つの拳を全て肥大化させ、猛攻《もうこう》という言葉が相応《ふさわ》しいスピードで俺の体を殴り付けてくる。

一撃は重く、攻撃を食らう度にズリズリと後ろに追いやられるのが分かった。

「うーん、どうしよう。腕が四本っていうのはずるいよなぁ」

攻撃を食らってはいるが、大したダメージは無い。

殴り付けてくる拳の的《まと》が分かり切っているので、十字に組んだ腕の前に、即席で作った風魔法の【クッション】を設置してみたのだ。

念のために文殊を発動させといて良かった。

拳の勢いはクッションでほぼ殺されているので、ちょっと強めに後ろへ押されているような感覚だ。

拳をどう対処しようかと思案していた時、背後に人の気配を感じ首を回すと……。

「フィガロ様、これを」

「タウルスさん……！」

どこからか現れたタウルスが、俺の腰に二本の剣を差し入れた。

それはメイド服に着替えた時に給仕室へ置いてきた俺の双剣《そうけん》だった。

『どうしたどうした！　あれだけ大口を叩いておいて手も足も出ないのか！　ん？　あれ？』

ラッシュを続けるカラマーゾフが不思議そうな声を上げ、その手を止める。

「ちょっと邪魔くさいんでな、落とさせてもらったぞ」

『あ、あぁぁぎゃあああああ!!』

俺は床に転がる二本の腕を蹴り飛ばし、真っ黒な血の付いた双剣をだらりと下げた。

全身が返り血で染まってしまったので、大きめの【アクアボール】をイメージだけで頭の上に出現させて破裂《はれつ》させる。

弾けた水流は頭から順に流れ落ち、綺麗に返り血を洗い落としてくれた。

「さてさて、これで腕二本の互角《ごかく》になったわけで……反撃開始といきますかね」

握った双剣を数度振り、改めて軽さを実感する。

「ふ、フィーさん……！　頑張って‼」

「はい！　頑張ります！」

人垣の中からレミーの激励《げきれい》が聞こえた。

意識しないようにはしていたが、ここは結界によって外に出る事が禁じられたセレモニーホール。

もちろん周りには来賓がたくさん居て、その来賓の視線が全て俺に集中している。

「フィガロ！　あんなやつやっつけちゃえ！」

レミーの言葉に触発《しょくはつ》されたのか、ずっと黙っていたシャルルが玉座から立ち上がり手を振っている。

目には涙が浮かんでいるのが遠目《とおめ》でも分かった。

「が、がんばれ！」

「やっておしまいなさいメイドさん！」

「公爵様の仇をとってくれ‼」

「やれぇ！　メイドのフィガロ！」

「フィーガーロ！　フィーガーロ！」

「フィーガーロ！　フィーガーロ！」

シャルルが俺の実名を口走ったばっかりに、それを聞いた来賓の方々から突然のフィガロコールが始まってしまった。

突然巻き起こったフィガロコールは、徐々に伝播《でんぱ》してゆき、やがて場内の人間のほとんどが俺の名を叫び始めた。

面白くなさそうな顔をしているのは、カラマーゾフと、守護騎士達だけだった。

守護騎士達の気持ちも分かる。王の御前で騎士の一人が赤子の手を捻るようにあっさりとやられてしまった。

そこへ俺、参上。

騎士の面目《めんもく》は丸潰れになるわけだが、これぱっかりは仕方ないだろう。

騎士達がもっと強ければ、こんな事にはなっていないのだから。

『っ黙れ黙れ黙れ黙れ黙れええぇ！』

煽《あお》りにも似たフィガロコールを受けて、カラマーゾフが怒鳴り声を上げた。

怒鳴り声と共に体から黒い衝撃波が放射され、周囲の空気をビリビリと振動させる。

赤い瞳はギラつき、口元はピクピクと痙攣《けいれん》している。

どうやら、カラマーゾフの怒りは最高潮《さいこうちょう》に達したらしい。

場内はさっきまで絶望に染まっていたのが嘘みたいな熱狂に包まれており、人垣は絶対防壁に囲まれたちょっとしたリングになっていた。

「ほれほれ、観客も盛り上がってきたみたいだぜ?」

リッチの方はもう大丈夫そうなので、バルムンクとの共有を切り、カラマーゾフの方に集中する事にした。

『クク……あまり調子に乗るなよ！　ぬああ！』

カラマーゾフはギラついた目で俺を睨み付け、大きな声で吼《ほ》えた。

すると俺が斬り落としたハズの手が完全に再生し、四本の手の中にはバスタードソードが握られていた。

「再生とか反則だぞ！」

『死ね！』

「嫌だね！」

カラマーゾフは出現させたバスタードソードを大きく振りかぶり、一足飛びに距離を詰めて俺に叩き付けてくる。

それを双剣の背で下から受け止めると、ゴギン！　という金属音とは到底言い難い音が鳴って、床に放射状の亀裂が走る。

双剣には俺の魔力を纏わせて刃の強度を底上げしているので、ちょっとやそっとじゃ折れることは無い。

両サイドからさらにバスタードソードの追撃が来るが、一足飛びで後退し再び剣を構える。

『何を訳の分からない事を！　そらそらそらぁ！』

カラマーゾフは怒りに染まっていて愚直《ぐちょく》に突っ込んでくる。

その攻撃は大振り、隙《すき》だらけだが、四本のバスタードソードというのは大振りでも鬱陶《うっとう》しい事この上無い。

ゴギン、ゴギンと打ち下ろされるバスタードソードの一撃は確かに重いが――。

「甘いぜ」

キュイッ――。

剣閃一迅《けんせんいちじん》、カラマーゾフのバスタードソードを受け流し、そのまま刃を滑らせて腕の一本を斬り飛ばした。

『っつあああ!!　腕の一本や二本、くれてやる!!』

一瞬血が吹き出たものの、すぐさま切り口は塞がり、猛攻がやむ事はない。

「もうお前の剣は見切った！」

再生させる隙を与えないよう、続け様に残りの三本も斬り落とし、全力のミドルキックをお見舞いして吹き飛ばす。

『あがっ！　があああ！』

「まぁさ、お前も大した忠義《ちゅうぎ》だよ、見上げた根性だ。主の命とはいえ……見下《みくだ》している人間に仕えるなんざ悪魔にとって屈辱《くつじょく》すぎる行為のはずだからな」

剣を一振りして刃に付いた血を飛ばし、一歩ずつカラマーゾフに歩み寄る。

四本の腕を斬り落とされ、床に転がるカラマーゾフは、俺の歩調に合わせるよう、じりじりと後退しており、その顔には恐怖と絶望が張り付いていた。

「でもさ」

『ひっ！　くるな！　くるなあああ!!』

「人間には潮時《しおどき》って言葉がある。お前は潮時を読み間違えた、ただそれだけだ」

『クソがあああ!!』

カラマーゾフは苦しそうに叫び、周囲に無数の黒球を生み、それを次々と打ち出し始めた。

ほぼゼロ距離で打ち出されるが、ステップと最小限の動きで全てを斬り飛ばす。

『こんな！　こんな事があってたまるか！　僕は悪魔の大将軍だぞ！　下等な人間如《ごと》きに負けるわけが無いんだ!!』

「悪いな、俺は普通の人間じゃあない。さて、そろそろ潮時だ、終わりにしよう」

床に転がり喚くカラマーゾフを睨み付け、双剣に魔力を集中させる。

集中させた魔力により刃は金色に光り輝き始め、その剣身を倍近くに伸ばしていた。

これはアエーシェマを葬《ほうむ》った際の力の奔流《ほんりゅう》を俺なりに読み解き、再現してみせたものだ。

『光の剣だって⁉　嫌だ！　アエーシェマ様！　アフリマン様あああ‼』

剣に投影《とうえい》しているイメージは光の渦《うず》、断罪《だんざい》の輝き、悪を討ち滅ぼす聖なる奔流。

この技に名付けるとするなら、それは――。

「終わりだ！　【ジャスティス】！」

剣身から伸びた光の凝縮体《ぎょうしゅくたい》が迸《ほとばし》り、怯《おび》えるカラマーゾフの体をあっさりと両断した。

両断されたカラマーゾフの体はじくじくと崩壊《ほうかい》してゆき、最後は黒い霧《きり》となり、霧散《むさん》し、消滅《しょうめつ》していった。

「ふぅ……終わったか」

カラマーゾフの全てが無に帰《き》すのを確認した後、文殊を停止させ、ほっと胸を撫で下ろす。

同時に双剣に纏わせていた魔力を遮断すると、伸びていた光の刃は粒子《りゅうし》となって空に溶《と》けた。

「「「うおおおおお！！！」」」

「っひゃいあ！」

途端に戦いを見守っていた人々から、割れんばかりの拍手と大きな喝采《かっさい》が起きる。

驚いて変な声が出てしまったが、この大音量の喝采と拍手の音に紛れてくれたみたいだ。

「すごいぞフィガロとやら！　是非とも我が屋敷で働かんか！　特別待遇《たいぐう》で雇おう！」

「ちょっと！　フィガロさんはウチの商会の用心棒にスカウトするんですよ！　抜け駆けはよしてくださいな！」

「ちょ、ちょっと待って」

「いやいやいや！　この強さ、まさに別格！　ウチで働いてはくれんか！」

周囲にいた人達が突然俺を取り囲み、やいのやいのと言い争いを始めてしまった。

ついさっきまで、恐怖と絶望に包まれていた人達とは思えない行動力だ。

やはり高貴《こうき》な人々になると、対応力や胆力《たんりょく》、状況把握能力なども優《すぐ》れているのだろうか。

しかしこっちは抜き身の双剣を引っさげている状態だ。危《あぶ》ないのであまり近寄らないで欲しい。

誰がどこの偉い人なのかは知らないが、俺を巡る言い争いがヒートアップしそうになった時、

「静粛《せいしゅく》に！　皆々様王の御前である事をお忘れか！」

ガンガンと小型の鐘《かね》が鳴らされ、騎士の怒号《どごう》が響き渡ると、俺を取り囲んでいた人達の体が硬直《こうちょく》する。

そして油が切れた魔導技巧《ぎこう》のようにギコギコと体を反転させ、ドライゼン王へと向き直った。

そのおかげで言い争いはひとまず収束した。熱烈なアピールっぷりに、誰が何を言っていたのかまるで覚えていない。

ため息混じりに玉座を見る。

そこには呆れたように笑うドライゼン王と、満面の笑みで手を振るシャルルの姿があった。

「皆の者、此度の失態《しったい》、誠に申し訳なく思っている。今回の騒動《そうどう》には、デビルジェネラルを従えていたクリムゾン公爵が大きく関わっていたと見られるが、もう少し調べを進めてから発表しよう。そしてフィガロ、前に出よ」

ドライゼン王が指名した途端、人垣が割れ、玉座への道が開く。

来いと言われても、こっちはメイドの格好ですし。

胸の内で色々と考えながらも足は道を進み、玉座の前で立ち止まり、片膝を付いてドライゼン王とシャルルを見上げる。

「お呼びですか」

「見事！　今回の戦いも実に素晴らしいものだった！　邪悪な悪魔を歯牙《しが》にもかけないその強さ、まさに一騎当千《いっきとうせん》。鬼神の如《ごと》き戦いぶりは我のみならず、今ここに居る者達の心を大きく掴んだようだ。国の危機、多大な犠牲を払う所だった危機をその体一つで阻止《そし》せしめた偉業《いぎょう》、労《ねぎら》わねばなるまい。金一封などでは足りぬ、騎士の位や爵位を与えたとしても足りるか分からぬ。英雄と呼ぶに相応しい働きだと我は思っているのだが……皆の者、異論はあるか？」

ドライゼン王が言葉を一度切り、場内を見渡している。

背後からは視線をひしひしと感じるが、何か言おうとする者は居ないようだった。

にしても、英雄は言い過ぎなんじゃないだろうか。背筋がムズムズしてくる。

「やはり居らぬ。これは我の決定のみならず満場一致《まんじょういっち》の結論だ。フィガロよ、お主へ与える褒賞は追って知らせたい、構わぬだろうか」

「あ……構いません。ですが、皆を守りたいと思っただけなので……俺が英雄とか国とか……」

自分で自分を英雄と言うと、なぜだか急に気恥《きは》ずかしく言葉がどんどん尻すぼみになって、段々顔が下を向いていく。

「最後、何か言ったか？」

「い、いえ特に何も！」

はっと顔を上げると、ドライゼン王が含みのある怪しい笑みを浮かべていた。

「さすがはフィガロね！　私、フィガロならって思っていたわ！　ぐっじょぶよ！」

ニッコニコのシャルルが俺にサムズアップしている。

背後で「可愛い」だの「まじ天使」だのと若い声が色々と聞こえてきたが、知らぬ振りをする。

シャルルが可愛いのは当然、太陽が東から昇《のぼ》って西に沈むのと同じくらい当たり前の事なのだから。

「祝勝パーティはこのまま続行とする！　してフィガロよ、ひとまず着替えてきてはどうかな？」

ニヤニヤと笑いながら言うドライゼン王、その笑みは俺が女装しているのを知っていた、と思わせるものだった。

恥ずかしさで顔が熱くなる。

「は！　仰《おお》せのままに」

ドライゼン王の言葉はそこで終わり、再び割れんばかりの拍手が巻き起こる。

華やかな音楽が場内に響き始め、静寂《せいじゃく》から喧騒へと変わる。

ここ数日で事件が起こりすぎたが、これで終わって欲しいと切《せつ》に願う。

再びバルムンクとの視覚共有を発動させると、リッチが戦っている場所が脳裏に映し出される。

『貧弱《ひんじゃく》貧弱ゥウゥ!!　ンナーッハッハッハ！』

月明かりの下、空中に漂いながら高笑いをするリッチ。

地面に視点を動かして見ると、至る所に穴が開き、スカルデッドアーミーの骨が散乱しているだけで、動いている者はいなかった。

スカルデッドアーミーの脅威《きょうい》も排除《はいじょ》され、王宮内外の安全がこれで確定した。

「こちらフィー……じゃなかったフィガロ。作戦を終了する、みんなお疲れ様。無駄足みたいな事をさせてすまなかった」

ウィスパーリングを装着《そうちゃく》している全部隊に通達し、最早《もはや》宴会となりかけている場内をそっと後にする。

日の出まではまだ時間があるが、部隊やコブラ、ドントコイを放置しておくわけにもいかないので、彼等を先に帰すとしよう。

「こちらコブラ。フィガロ様、我らトロイはこのまま橋を抜けてアジトへ戻ります。フィガロ様はそのままそちらでお楽しみください」

「俺の考えを読んでくれてどうも。コブラとドントコイもお疲れ様、ありがとな」

「は！」

「ボスもお疲れ様でごぜぇやす！　そいではまた！」

◇　◇　◇

その後、パーティはつつがなく執《と》り行われた。

守護騎士達の表彰に始まり、国営墓地の再興についての話や、近隣の村の被害状況の報告などが流れるように過ぎていく。

「フィーさん……いえ、フィガロ様はすごくお強いのですね」

「そんな事無いですよ、俺より強い方々はたくさん居ます。まだまだ精進《しょうじん》するつもりですよ」

メイド服から用意されていた礼服に着替えた俺は、セレモニーホールの扉の前でレミーに声をかけられた。

「タウルス様にお聞きしました。フィガロ様はシャルルヴィル王女殿下の婚約者だとか……なのに私ったら無礼な事ばかり……」

あの老紳士め……どうしてなるべく秘密にしておきたい事実をホイホイと言うのかな。

まぁ考えても仕方ない。

「いやいや、無礼な事ってなんですか？　俺はそんな事をされた覚えはありませんよ。レミーさん、俺がシャルルの婚約者だというのは黙っていてもらえませんか？　多分このままだとすぐ発表されそうな気もしますが、身バレしてしまうと、ちょっとやり辛くなってしまうので」

「はい、かしこまりました」

レミーは一言だけ返すと立ち去ってしまった。

扉の向こうからはアップテンポな曲と共に、とても楽しそうな声や歌が聞こえてくる。

そっと扉を開けて中に滑り込む。

何人かのメイドには気付かれたが、黙礼《もくれい》をされただけで済んだ。

壇上を見れば、ドライゼン王とシャルルも実に楽しそうな顔をしている。

「やれやれだな……」

『本当にやれやれだよ少年』

「うっわびっくりした!! どっから顔出してんだよ! バレるって!」

メイドさんに飲み物をもらい、壁に寄りかかって喧騒を楽しんでいると、俺の隣の壁からリッチの顔面だけが突然ニョキっと生えて、思わず声を上げてしまった。

絵面《えづら》だけ見るとただのホラーでしかない。

リッチ、壁抜けも出来るのか、便利な体してるなぁ。

隠密部隊に入れたらいい働きをしてくれそうだ。

そんな事を考えながら、さり気なーくリッチの顔の正面に重なるように立ち、小声で話しかける。

幸いにも俺の咄嗟の機転が功《こう》を奏《そう》したのか、誰にも見つかっていないようだった。

『む、見えないぞ少年』

「見られたら困るんだよ! またパーティを見に来たのか?」

『いや、先程ここに大きな負《ふ》の力の脈動《みゃくどう》を感じてな。帰ろうと思ったのだが、気になって引き返してきたのだよ』

　リッチの言う負の力の脈動とは、カラマーゾフの事だろう。

　ちょうどいいのでリッチに色々と質問する事にしよう。

「なぁ、デビルジェネラルって知ってるか？」

　アンデッドの上級種であり、魔導の知識に深く精通《せいつう》しているとされるリッチなら、カラマーゾフに関する情報を持っているかも知れない。

『知っているぞ少年。悪魔界でも有数の強者たる存在だ』

「……ん、そっか。ならアフリマンって神様知ってる？」

『知っているぞ少年。狂気と狂暴の悪神だ。別名アンラ・マンユ、あらゆる悪を産み出すとされ、害となる病を司《つかさど》る悪の創造神。大魔王とも呼ばれる恐ろしい存在で、善の創造神スプンタ・マンユと対立する者。千年前の降魔《こうま》戦争の際に出現し、かの十三英雄によって倒された存在だ』

　リッチと俺の会話はそこで一度止まった。

　カラン、とグラスの中の氷が溶けて涼《すず》やかな音を鳴らし、二人の沈黙《ちんもく》にアクセントを加えてくれる。

「え、それだけ⁉　デビルジェネラルの時はスルーしたけど、それだけなの⁉　もうちょっと詳しい話は⁉」

てっきり話が続くのかと思えばリッチは語らず黙したまま、堪えきれずに思わず突っ込んでしまった。

『ま、まぁ……全ては魔導書に記されていた記述の引用なので、あまり詳しくは知らないのだ』

「その魔導書って……懐にあるやつか？」

『いかにも。このリッチがこの世に産まれ落ちた根源《こんげん》にして元凶《げんきょう》、何度燃やしてやろうかと思ったが……どうにも不思議な保護が掛かっていてな、魔法も物理も通さんのだよ。劣化しているように見えるが、使われている紙は新品同様の品質を保持している。恐らくこの本はこの世界が滅んでも、ずっと存在し続けるのだろうよ』

「それは……すごいな……」

話にどこか既視感《きしかん》を覚えた俺は、リッチに対して曖昧な返事をしてしまった。

初めて聞いた話なのに、以前どこかで聞いた事のあるような……。

顎をさすりながら、グラスに付いた水滴をじっと見つめる。

何かを思い出しそうになり、ひたすら思考を集中させる。

「魔法も物理も通さない……保護……不変……永遠……」

ブツブツと呟きながら文殊を爪で摩《さす》る。

それを何度か繰り返していると、文殊に刻まれたルーン文字の窪《くぼ》みに爪が引っかかった。

「エンシェントシールドドラゴンの毛筆……！」

閃きと共に、クライシスと文殊を創り出した時の様子が脳裏に再生される。

《エンシェントシールドドラゴンの毛筆で書いた物は絶対に破壊されず、所持者が自分の意思で効果を解除《かいじょ》しない限り、永遠に効力を発揮する》

『何だ？　それは』

「えと……俺の文殊を作る時にだな……」

リッチの持つ魔導書が、エンシェントシールドドラゴンの毛筆で書かれていると決まったわけじゃないけど、何らかのアーティファクトで作られた事は間違いないんじゃなかろうか。

俺は文殊を見つめたまま、不思議そうに問いかけるリッチへ背中越しに語ると、

『何だと！　それは本当か少年!!』

俺の話に驚きを隠せないリッチは壁を抜け、さらに俺の腹を突き抜けた後、ぐるりと頭を回転させてこちらを見る。

自分の腹からアンデッドの顔が生えるとか悪夢のような光景なのだが、不思議と笑えてくる。

頭が麻痺してしまったんだろうか、と自分の精神が心配になってしまう。

「あぁ、間違いない。それを使って書いたのが、このルーン文字だ」

『る、ルーン文字だと⁉　待て待て待て少年！　ルーン文字はおいそれと使えるものじゃないぞ！　数多くの学者や研究者が長年を費《つい》やしてもその意味すら分からなかった伝説の言語、文学のオーパーツと呼ばれる文字だぞ⁉　それをなぜ少年が扱えるのだ‼』

「えーと……何となく？」

『何となくでルーン文字が解読されてたまるか！』

驚愕と困惑がまぜこぜになり、わけが分からなくなったのか、リッチは俺の体を貫き通したままその場でグルグルと横回転を始めてしまった。

なぜだ、なぜだ、解《げ》せぬ、解せぬ、と同じ言葉を繰り返し呟いている。

俺だって腹から突き出たアンデッドがグルグル回っているこの状況が解せぬよ。

「とりあえず落ち着け、な？　いくら回った所で現実は変わらないんだからさ、な？」

『いやだ！　認めないぞ！　こんな女装癖のあるちんちくりんが！　数多《あまた》の研究者達の夢の結晶《けっしょう》を解読したなど認めたくないわ‼』

グルグルと回っていたリッチは俺と目の合う所で止まり、濁《にご》った目で睨み付けたあげくにこの言い様だ。

「ちょっと待て！　誰が女装癖のちんちくりんだ！」

『少年の事だろう！　ヒラヒラのスカートを穿いていたではないか！　しかも結構似合っていた！』

「仕方なかったんだよ！　そうしなきゃいけない理由があったんだって！　似合ってたとか言うなよ！　恥ずかしいじゃないか！」

『恥ずかしいとか言っている割にはちょっと楽しそうな顔をしていたではないか！』

「んな事ない！　てかそれとルーン文字関係無いだろ！」

『ぬぐっ……！　では聞くが！　どうやって解読したのだ！　ヒントは何なのだ！』

「んー……特に無い、かな……？」

『解せぬううぅ！　魔導文学の積年《せきねん》の夢を何となくで終わらせてたまるものか！』

小さく呻《うめ》くリッチは俺の腹を貫いている頭を前後に揺らし、口をワナワナと震わせている。

たまるたまらないにかかわらず、解いてしまったモノはしょうがないと思う。

「そんな事よりさ、クライシスに話してみたらどうだ？　エンシェントシールドドラゴンの毛筆はクライシスが持ってるし、対処法も知ってるんじゃないか？　知識だって膨大な量だ。魔導書を処分したいのなら、な」

『ぐむぅ……』

正直な話、リッチの持っている魔導書にはとても興味がある。

いつ頃書かれた物かは分からないが、少なくとも今より二百年以上昔の書物なのは間違いない。

魔導書や古文書の類《たぐい》はアルウィン家や、クライシスの家にいた頃によく読んでいた。

そのおかげで色々な知識が増えたし、やりたい事、知りたい事、行ってみたい所もたくさん増えた。

この世には【禁書】という封じられた書物や、【原初史録】と呼ばれる謎の書物が存在しているらしい。

「冒険、か……」

未知の領域や未知の存在というのは、非常に男心をくすぐる謳い文句だと思う。

呟いた自分の言葉を反芻《はんすう》していると、とある冒険家の話を思い出す。

冒険家リグ・リベット。

様々な未知の領域へと挑《いど》んだ伝説の男、彼の逸話は書物化され、老若男女《ろうにゃくなんにょ》を虜《とりこ》にした。

真実を確かめる事は困難であり、彼の辿り着いた様々な遺跡や秘境の逸話は作り話だ、と主張する学者もいる。

「楽しそうだな……」

今後どうなるかは分からないけれど、この文殊と異常な肉体があればどんな事だって出来る気もする。

海を渡り、まだ見ぬ異国へ行くのもいい。

パーティやクランを組んで秘境を探索するのも良いだろう。

けど、俺が冒険者になる、と言ったらシャルルはどんな顔をするだろうか。

散々にはぐらかしてきたけれど、シャルルとの結婚は別に嫌じゃない。

ただシャルルと婚姻を結ぶという事は、いずれはこの国を継がなければならないという事だ。

次期国王。その響きは非常に重い。

今は自分の事で精一杯だ。

国を継ぐのは十年後かも知れないし、もっと後かも知れない。

今からどうこう考えても仕方の無い事だ。

だけどどうしてもその考えが頭から離れてくれない。

確かにシャルルは可愛い。

あのあどけない笑顔を守ってあげたいと思う。

いや認めよう、俺はシャルルの事が好きだ。そばに居たい。

でも……。

シャルルを守り、国を背負って守る、俺にそんな甲斐性《かいしょう》があるのだろうか。

考えれば考えるほどに、思考がグルグルとループする。

『何を考え込んでいるのだ少年』

「ん、ちょっとね……」

誰かに相談したいが、その相手は確実にリッチじゃないだろう。

『さて……と。そろそろ僕は帰るよ少年。クライスラー殿と色々お話もしたいからね』

「そうか。しかし唐突に話し方が元に戻ったな」

会った時にはあえて突っ込まずにいたのだが、突然元のフランクな話し方に戻ったリッチに違和感を覚えたので、つい聞いてしまった。

『まぁ……ちょっとカッコつけてみたんだよ。クライスラー殿から威厳が足りない、リッチはもっとふてぶてしく偉そうでないとダメだ、と指摘されたのでね。はは……キャラじゃない事をすると意外に疲れるんだよ。少年の前だし、去り際《ぎわ》だからいいかなって思っただけさ』

「そ、そうなんだ」

なかなかめんどくさい事をやっていらっしゃるご様子のリッチだった。

『良ければ今度、この変わってしまった街を案内して欲しい』

「もちろんだ」

差し出された骨の手を握ると、リッチは『じゃあまた』と言って、現れた時と同じように壁の中に消えていったのだった。

◇　◇　◇

グラスの中身も空《から》になってしまったし、どうしようかと思案する。

場内を見渡すと、来賓の数が心なしか減ってきている気がする。

全員が全員、最後まで残るわけじゃなさそうだ。

幸いにもメイドに変装していたおかげで、着替えて戻っても誰かに気付かれることはなく、ゆっくりとした時間を楽しむことが出来た。

もちろん楽しむのが目的じゃないのは分かっている。

けれどここ数日、神経が張り詰めっぱなしだったので、少しは羽を伸ばさせてもらいたい。

「フィガロ様、こちらにいらっしゃいましたか」

「あぁタウルスさん、お疲れ様です。先程はありがとうございました」

「いえいえ、どうってことありませんよ」

飲み物をもう一杯もらおうかと思っていた矢先、執事のタウルスが話しかけてきた。

タウルスの口振りからすると、どうやら俺を探していたようにも聞こえる。

「ドライゼン王からの言付《ことづ》けです。『シャルルはもう寝る時間になったし、不穏《ふおん》な動きも無い、もう大丈夫だと思われるのでフィガロは自由にしてよい』との事です。では、私はこれで失礼させていただきます」

それだけ言うと、タウルスは足早に去っていってしまった。

「なら……帰るか……何だか疲れたしな……あぁそうだ……家の掃除もしないとだ……」

ドライゼン王とシャルルと食事をした翌日、王の言葉通り屋敷の権利書や土地の証券などを持った不動産の業者がトワイライトを訪れ、あの幽霊屋敷は俺の物になっている。

細かい書類の作成や届出《とどけで》などは業者がやってくれたので、俺はトワイライトに置いてある少しの荷物を屋敷へ運び込んでいたのだ。

しかしまだ屋敷の大掃除は手付かずで、ベッドや机、その他日用品なども無い状態だ。

家具などはあるにはあるが、全ては二百年前の物なので、出来れば新しい物が欲しいしな。

明日はそこら辺の買い物もしなければならない。

アルピナが、いい家具店を紹介すると言ってくれたのだが、タルタロス防具店の件もあるのでこれ以上甘えるわけにはいかない、と丁重《ていちょう》にお断りしておいた。

それに、屋敷のそばにはたくさんの家具店やインテリアショップ、雑貨屋などが並ぶ商店区画がある。

どうせなら自分の足で歩いて見て回りたいのだ。

「何だかんだで一人暮らしは、初めて、だなぁ……」

その時ふと気付いた。

一人暮らしをするには家具や洋服、食事など色々とお金がかかる。

いわゆる出費というやつだ。

そのためにはお金が必要だ。お金を使うにはお金を得ないといけない。

いわゆる収入というやつだ。

自慢じゃないが、俺はランチアに来てから、まともにお金を使った試しがない。

衣食住の三つ全てがトワイライトで賄われており、細かい雑費などはアルピナからのお駄賃《だちん》で賄ってきた。

服はトワイライトの皆が、寄ってたかってアレコレ着せてくるので困らない。

食事もトワイライトの皆と釜《かま》を囲んでいる。

寝る所はトワイライトの客間だ。

そう、俺はトワイライトにとっての穀潰《ごくつぶ》しだった。

「マジかよ……最悪じゃないか俺……そうだよ、最初は王宮に招致されてすぐ帰る予定だったんだ。そもそもクライシスの家に世話になってる時点で金が無いのは当たり前じゃないか……」

違和感を覚えずに馴染んでいたが、俺はそもそもトワイライトの人間じゃない。

調子に乗ってドライゼン王に「屋敷をください、てへぺろ」なんて言ってみたが、蓋《ふた》を開けてみれば、一人暮らしの資金すら無いじゃないか。

「これはやばいぞ……どうしようもなくやばい。国を背負うとかシャルルを守るとか言って悩んでいる場合じゃない。むしろそんな考えに至ることすらおこがましいレベルでやばい。国とかシャルルとか言う以前に、自分の生活すら守れそうにないじゃないか……」

冒険云々《うんぬん》より、自分の人生がデッドオアアライブ状態な現実に気付いてしまった俺の背中には、ドッパドッパと滝《たき》のような冷や汗が吹き出ていたのだった。

収入が無い。それだけで人はここまで恐怖を感じるのか、と思った。

生まれて十五年、屋敷に半軟禁《なんきん》状態だったし、稼ぐという概念《がいねん》が無かったのが致命的《ちめいてき》だろう。


同年代の人はどうやって稼いでいるのだろうか？

そもそも仕事ってどうやって探すのだろう？

道端《みちばた》で仕事くださいと言えばいいのだろうか？

いや、街中にそんな人はいなかった。

やばい、本当に分からない。

誰かに聞くべきだろうけど、なんて聞いたらいいんだろうか……。

普通に聞いてみるべき、なのかな……。

お金がないという事実に気付いた俺は、足早にセレモニーホールを出て【フライ】を発動。

人目をはばかることなく空へと飛び立った。

俺の知り合いで唯一まともな人間と言えば……言えば……。

（あれ……誰か居たっけ……）

満天の星空の下、空を飛びつつ考えてみるが、俺の知り合いと言えばボンバイエのアルピナ、裏社会の覇者《はしゃ》ハインケル、裏組織の脳筋ドントコイ、同じく裏組織の冷静参謀《さんぼう》コブラ、ファンキー若返りジジイのクライシス……ダメだ、まともな人間が居ない。

この中で唯一頼れそうなのはアルピナだが、穀潰しの事実が発覚した今、あまり頼りたくないのが本音だ。

ウチで働けばいいじゃないのん、とか言われそうだし。

空中で一時停止し、横になってふわふわ漂いながら考える。

頭の後ろに手を回して考え込む事数分、カチャリ、と背負った双剣の柄が指に嵌めているウィスパーリングに当たり、一人の人物の顔が閃いた。

「これだ！」

タルタロス防具店のルシオ。彼こそが俺の中で頼れそうな唯一の希望の光だった。

しかし今の時刻は真夜中を回っている、これから訪ねるのも非常識だし、明日にするしかないだろう。

結局アルピナのツテを利用しているのだが、妥協《だきょう》案という事にしておく。

でなければ本当に詰んでしまう。

ドライゼン王に頼るか、と一瞬考えたのだが、義父となる前に「サーセン、無職なんで仕事ください、てへぺろ」なんて言えるわけがない。

屋敷に戻って寝ようにもベッドがない。

昨日までは普通にトワイライトで寝泊まりしていたのに、自分が殺潰しだと気付いてしまっては戻るに戻れない。

「俺詰んでるじゃーん」

仕方ない、屋敷に戻って軽く掃除して、ベッドになりそうな物を探すしかない。

俺は考えを切り替え、一気に加速して屋敷へと戻ったのだった。

◇◇◇

「ただいまーって誰もいないんだけどね」

扉の鍵は既に新しい物に取り替えられているので、新品の鍵を鍵穴へ突っ込み、回す。

ガチャ、という音が闇夜に溶けて消えていった。

玄関を抜け、新しく設置された蛍光魔晶石《けいこうましょうせき》という明かりを一つずつ点灯させて、換気《かんき》をするために窓という窓を開けていく。

閉め切ったままの部屋に新鮮《しんせん》な空気が波のように流れ込み、舞い上がった白い埃《ほこり》が光に照らされてキラキラと輝いている。

「掃除の前に……」

実は先日、トワイライトから荷物を移動させた際、屋敷内の数箇所を破損《はそん》してしまったのだが、その時奇妙なことが起きたのだ。

踏み抜いた床板が気付くと直っていたり、折ってしまった古びた階段の手すりが元に戻っていたり、それに似たような事が他の破損箇所でも起こったのである。

非常に興味深い現象だったので、時間のある時に再検証しようと思っていたのだ。

「てりゃ」

床に転がっていた角材を拾い上げ、勢いをつけて壁に叩きつける。

老朽化《ろうきゅうか》した木の壁を打ち壊すのは容易《たやす》く、角材が当たった場所はあっさりと穴が開いた。

角材を手に持ちながら、壊れた壁を凝視していると、驚くべき事に壁板がグネグネと歪《わい》曲《きょく》し始めたのだ。

周りの壁板が少しずつ伸び始め、ものの数秒で俺が開けた穴はすっかり元通りになってしまった。

「おおぉ……すげぇ……」

自己修復《しゅうふく》機能を備えた家、とでも言えばいいのだろうか。

その後も何箇所か角材で打ち抜いてみたのだが、結果は変わらず同じ事象が発生した。

これは一体どういう事なんだろう？　と首を傾げていると、背後から声が聞こえてきた。

『マスター、以前から感じていましたが、この家、生きていますよ』

「どぅわ！　なんだクーガか、びっくりさせるなよ……ていうか今なんて言った？　生きているだって？」

振り向けば影の中にいたはずのクーガが現れ、スンスンと床や壁などの匂いを嗅いでいた。

『はい。自我は発生していないようですが……この屋敷全体から、微量《びりょう》な魔力の波動《はどう》を感じます。生物的なものではなく……ゴーレムやガーディアンのような無機物的生命活動、とでも言えばいいのか』

「それって危なくないか？」

『大丈夫、とは言い切れませんが、こちらに害をなそうとしてくる気配はありませんね。それはマスターもお分かりのはず。マスターもこの屋敷の魔素濃度《のうど》は把握していますよね？』

「ん？　あ、お、おう。魔素濃度な？　分かるぞ。なんかヌメッとしてるよな、うん」

唐突にクーガの口から出てきたワードに困惑しながらも話を進める。

『さすがはマスターです。本来、魔素濃度はマスターの作り出した霧のように、一定量を超えない限り目には見えません。その目に見えるはずのない魔素が結晶化して粉塵《ふんじん》となるなど……この屋敷は異常です。これもあのリッチのなせる業《わざ》なのでしょうか』

「う、うん……」

分かっているとは思いますが、的な話をされているが、正直ピンとこない。

魔素が結晶化？　粉塵？　粉塵なんてどこにも……。

「まさか、これ埃じゃないのか」

蛍光魔晶石の光を浴びてキラキラと煌めく空気中の埃。

これがクーガの言う粉塵化した魔素だとするならば、この状況は確かに異常事態だった。

◇　◇　◇

《魔素とは、この世界を構成する重要な因子であり、無機物、有機物にかかわらず全ての物質に内在する要素でもある。

元素である地、水、火、風はもちろん、あらゆるものに混在しているのだ。

大地に含まれる魔素が時間をかけて凝縮した物質が魔晶石となり、魔晶石がさらに寄り集まったものが魔晶結晶と呼ばれる物質になる。

モンスターの重要器官として魔血玉と呼ばれるものがあるが、これもモンスターの体内で循環《じゅんかん》している魔素がモンスターの血潮《ちしお》と結合し、物質化したものである。

この魔血玉のおかげでモンスターは詠唱《えいしょう》をせずに魔法を行使できると言われている。

一般的に魔素は何らかの素材と結合しなければ物質化しないが、素材を媒介《ばいかい》にせずとも魔素が結晶化する特殊な場所が存在する。

それが【秘境】。

濃密《のうみつ》な魔素に包まれた、人の常識が通用しない場所。

秘境と呼ばれる場所では魔素濃度が異常に高く、高確率で魔素が具現化《ぐげんか》、物質化、結晶化する事が分かっている。

具現化した魔素は霧のように空中に漂って光を惑《まど》わし、幻を生むとも言われている。

濃い魔素は存在を変質させる力も併《あわ》せ持っており、モンスターは魔獣に、木々は魔樹《まじゅ》に、風や水は毒に、大地はより硬く、火は赤から紫へと変えてしまう事があるのだ。

秘境にある遺跡や洞窟には変質した存在が多く、危険度は計《はか》り知れないという。

濃すぎる魔素に侵《おか》され毒素を持つ風を人は瘴気《しょうき》と呼び、瘴気を吸った人間は体に異常をきたし、いずれは死に至るとされている》

という魔導書の記述を俺は思い出していた。

もし俺の目の前に舞う埃が物質化した魔素だとしたら、この屋敷は秘境に近い場所だという事になる。

試しに、窓の桟《さん》に溜まっている白い埃を指の腹で拭ってから光にかざして、ふぅ、と息を吹きかけて飛ばしてみる。

埃は光を浴びてキラキラと煌めいているのだが、よく見てみるとそれとは別の物質が紛れているのに気付いた。

光の輝き方が違うのだ。

何と言うか、光り方が歪んで見えるのだ。

「これが……光を惑わす、って意味か……」

魔導技巧における技術用語に屈折率《くっせつりつ》という言葉がある。

分かり易く言えば《水をためたコップの底にコインを沈めてみると、角度によって見える位置が違う》という現象の事だ。

色々とややこしい計算式があるのだが、俺は光りの進み方を歪める、という解釈《かいしゃく》をしている。

アルピナが得意とする幻惑《げんわく》魔法にも、これと似たような【ミラージュ】という術がある。

魔法の霧を作り出し、いかにもそこにあるように思わせる現実的な幻影を作り出す魔法だ。

「埃に紛れ込んでるのか、埃と結合しているのかは分からないけど……まぁ、全部吹っ飛ばしちゃえばいいか？　あーでもそうすると室外に魔素が飛び散るし……うーん……どうしたものか……」

予定では風魔法で埃を全部吹き飛ばすつもりだったのだ。

クーガが余計な事を言うからつい考えてしまう。

いや、別にクーガが悪いとかではない。

むしろいい事を教えてくれたと感謝している。

あれこれ考えても分からないし、結果そうなんだろう、というスタンスでいこうと思う。

幸い、多少の無茶をしてもこの家は自分で修復してくれるっぽいし。

「流すか……」

『流す？　何を流すのですか、マスター』

クーガがキョトンとした目で俺を見ている。

静かに座っているクーガだが、尻尾はゆっくりと振られていて、尻尾が接している床の埃が綺麗にふき取られている。

「ん、汚《よご》れ」

風で飛ばせないなら水で洗い流してみてはどうか？　と考えたのである。

屋敷内を水で洗い流し、熱した風を吹かせて屋敷を乾燥《かんそう》させる。

よし、この作戦でいこう。

「あんまり強すぎてもダメだから……【アクアジェット】弱」

二階に上がり、手を階段に向けて魔法を発動すると、掌からジャバジャバと水が放出される。

重力にしたがって水は流れ落ち、開かれた玄関へと向かっていく。

階段は何箇所か穴が開いているので、そこからも水が流れ落ち、無作為《むさくい》に水流は広がっていく。

意図的に開けた穴は修復されるのに、なぜ階段やら他の穴は修復されないのだろうか。甚《はなは》だ疑問である。

ジャバジャバと壁や床、天井、と目につく所全てに水をかけまくっていく。

「クライシスが森の家をリフォームした時に使った魔法、あれどうやるのかなぁ」

あの時は何が何だか分からなかった。

もちろん今でもわけが分からない。

目の前で家が勝手に変化していくのだ、色々な魔法の複合技だとは思うのだが、どんな魔法を組み合わせているのか皆目《かいもく》見当がつかない。

魔法を極めれば何でも出来る、というのがクライシスの持論だった。

そりゃ千年以上生きていればの話だよ、と俺は思っている。

『マスター！　危険です！』

ぼけっと考えながら屋敷を練《ね》り歩き、水を撒《ま》いていると、クーガの声が聞こえた。

何が危険なのだろうか。

この家に危険な事があるのだろうか。

クーガに声をかけようとした刹那《せつな》、床や壁、階段がグネグネと鳴動《めいどう》し始めたのだった。

『マスター！　危険です！　屋敷が脈動しています！』

「見れば分かるよ！　一体どういう事だよ！」

屋敷全体からはギシギシと軋む音が鳴り、床板や階段、壁や天井がこれでもかというぐらい波打っている。

激しい脈動に立つのがやっとだ。

気のせいか、屋敷内に立ち込める埃も濃くなって、霧のような雰囲気を醸《かも》し出している。

『マスター！』

「分かってる！　屋敷から出るんだ！」

ぐねぐねと揺れ動く床板を蹴り、二階から一階へ飛び降りてそのまま玄関から外に出る。

クーガもちゃんとついてきている。

庭から屋敷を見上げれば、三階建てで広めのお屋敷全体が、ぐにょんぐにょんとスライムのように蠢《うごめ》いているのが見えた。

「な、なあクーガ。俺、何かしたか」

『いえ、マスターは実にぼけっとして水を撒いておりました』

「だよな」

『はい』

屋敷から溢れ出た霧のようなものが、開け放った窓から玄関から、じわじわと庭へ這《は》い出てくる。

本当にわけが分からないし、どうする事も出来ないので、俺とクーガは屋敷が動きを止めるまでじっと見ているしかなかった。

時間的にはほんの数分の出来事だった。

動きを止めた屋敷は形を変える事もなく、ただそこにある。

「なぁクーガ」

『はい、マスター』

「俺は目がおかしくなってしまったのかもしれない」

『大丈夫です、マスター、私もです』

屋敷全体の形は何も変わっていない。

ただ、大きく変化している部分はある。

割れていたはずのガラス窓には、ぴっちりと新しいガラスが嵌め込まれており、塗装《とそう》が剥《は》げて壁板が剥き出しだった外観《がいかん》は綺麗に塗《ぬ》り直されている。

窓や玄関から溢れ出ていた霧は消えていたが、その代わりに庭の枯《か》れ果てた古木には葉が生《お》い茂《しげ》り、柵の内側をなぞるように茂みが生えていた。

まるで時が巻き戻り、昔の姿を取り戻したかのような真新《まあたら》しさが屋敷全体から感じられる。

「ちょっと、入ってみようか」

『危険です！』

「いやだってこれ俺の家だし……なぁ？」

『言われてみれば確かにそうですが……気を付けてくださいね』

玄関は相変《あいか》わらず開いている。

寂《さび》れた玄関ポーチが見事なものに変わっていることを除《のぞ》けば、だが。

恐る恐る玄関をくぐり、中を拝見《はいけん》させていただこうと思った矢先の事。

『おかえりなさいませ、ご主人様』

「うぉぅっっっ⁉」

玄関をくぐり、室内へ足を踏み入れた瞬間、どこからか声が聞こえてきた。

『なにやつ！』

後ろをついてきていたクーガはその声を聞くと、毛を逆立《さかだ》てて牙を剥き、戦闘態勢へ移行する。

頭上を見ても声の主らしき姿はない。

「んん？」

『マスター、屋敷の様子が……』

いきなり声をかけられて驚いてしまったが、クーガに指摘され改めて室内を見て言葉を失った。

手当たり次第の放水でびっしゃびしゃになったはずなのに、室内には水が一滴も残っていない。

そして――。

「新品になってる⁉」

『そのようですね……』

床板や壁のあちこちに穴が開きボロボロだった室内が、外観と同じように新品同様に復元されていたのだ。

朽ちかけて穴が開いていた階段は手すりまできちんと修復され、埃まみれだった廊下や壁板も綺麗に塗装されている。

急いで屋敷内を見て回るが、どの部屋も同じようにピカピカだった。

さらに驚いたのは、残されていた家具すらも新品同様になっていた事だ。

何が何だか分かりゃしない。

『部屋の確認はお済みですか、ご主人様』

『貴様何者だ！　先程からマスターを主人呼ばわりして！　マスターは我のマスターだ！』

「落ち着けよ、クーガ、話をするならもっと紳士的に穏《おだ》やかにだ。声の主よ、姿が見えないのでは話にならない。どうか私の前に出てきてはくれないだろうか」

向こうに敵意は感じられないが、念のために丁寧に話しかける。

『私はご主人様の目の前にいます、というより、ご主人様が私の中におります』

「はぁん？　俺がいるのは屋敷の中なんだけど……っておい、まさかのマジか？」

声の主の言うことが真実なら、俺とクーガを中に入れているものといえば、この摩訶不《まかふ》思議《しぎ》なミラクルホームだけ。

「えっと……ちょっと玄関閉めてくれないか」

『かしこまりました』

返答とほぼ同じタイミングで背後の扉が静かに閉じられた。

「うっそだろ……じ、じゃあ開けっ放しの窓を全部閉めてくれ」

『速《すみ》やかに』

バタン。

俺の要望通り、右側にあった窓が閉まった。

そして次々にバタンバタンバタン、と窓が閉じていく音が聞こえた。

『マスター、私は信じられません』

「あぁ、俺もだ。信じられないが声の主はこの家だ」

『お察しいただけたようですね。仰《おっしゃ》る通り私は家でございます。ご主人様の素晴らしい寵《ちょう》愛《あい》を受け、私は目覚《めざ》めたのです』

またこのパターンなのか！　と言いたくなった。

クーガやクライシス、シャルルの時と同じだ。

俺が放つ魔素により場の魔素濃度が格段に濃くなり、デッドリーウルフだったクーガは、魔獣ヘルハウンドに変異した。

千年前の英雄クライスラー・ウインテッドボルト改めクライシスは、若返って全盛期の姿を取り戻した。

そして、魔力欠乏症《けつぼうしょう》により生死の境を彷徨《さまよ》っていたシャルルは、通常よりも優れた肉体へと体質変異した。

だがおかしい。

あの時は文殊がない状態で、俺の魔素がだだ漏れだった結果引き起こされた現象だ。

今は常時発動させている【魔】の文殊のおかげで、魔素の放出はほとんどないはずなのだ。

それに俺がこの屋敷に来たのは今日で五回目だし、屋敷内に留まった時間も少ないのになぜ。

『我がマスターからの寵愛だと⁉　嘘をつけ！　それとも水をかけられて目を覚ましました、とか言うのではないだろうな！』

『さすがはご主人様の僕《しもべ》たるクーガ様、よくお分かりですね。そう、干《ひ》からびかけていたこの屋敷に私《わたし》はご主人様は愛をくださった。ご主人様の素晴らしい魔力が籠《こも》った聖水により、屋敷《私》は復活したのです』

んな馬鹿な話があるか、と叫びたい。

水をかけたら復活しただって？

萎《しお》れかけた草花じゃないんだからさ、そんな簡単に朽ちかけた木造建築が新品同様に蘇ってたまるか。しかも意思付きときたもんだ。

『マスター、どうしたのですか？　難しい顔をして』

「うん……ちょっと色々考えていてな」

俺は復元された階段の一番下に腰掛けて頭を捻っていた。

クーガは大人しく俺の足の横に寝そべっている。

二メートル以上あるクーガの巨体はまるでフカフカのベッドのようにも見える。

考え込みながらクーガの頭を撫でると、クーガは実に気持ちよさそうに目を細めて尻尾を振っている。

確かに俺が掃除をしようとして水をかける前に、クーガから家が生きている、と警告《けいこく》されていた。

まずそこだ。

埃に混じって魔素の粉塵があった事から、この屋敷は半分秘境のような性質を持っていたと言えるだろう。

秘境では魔樹という生きた木々が存在するらしいのだが、ひょっとすると屋敷を構成していた木材も魔樹化していたのだろうか？

だがこの屋敷を半分秘境化させるほどの魔素は一体どこから来たのだろうか。

そこまで考えて、俺は一つの仮説を思い付いた。

「リッチの鬱憤……なのか？」

この屋敷の元の所持者であるリッチは呪いにより死亡し、呪いの影響によりアンデッドとして生き返り、二百年の長い時をこの屋敷で過ごしてきた。

百年間、変異を続けてリッチへと進化し、そのあと百年が経ったと言っていた。

もしリッチが二百年の間、呪いを憎み、恨《うら》んでいたとすれば？

人が放出する魔素はほぼ皆無だ、しかし怒りや憎しみ、極度《きょくど》の興奮状態により体内に留められていた魔素が表面化して漏れ出て、潜在能力を強制的に引き出す、という事はある。

いわゆる火事場の馬鹿力と言われるものだ。

対してアンデッドは死を超えた存在であり、肉体を超越《ちょうえつ》した存在。

そんな存在が人の心を持ったまま、怒りや憎しみを内に秘めたまま、二百年同じ場所に留まり続けていたらどうだろう。

アンデッドの基本構造は詳しく解明されていないが、人間をベースにしている場合は類似性《るいじせい》が見られる、と言われている。

アンデッドの中でも指折りの上級種であるリッチから漏れ出た魔素が、百年という長い時間をかけて屋敷に蓄積《ちくせき》されていった。

長い長い時の中で経年劣化を続け、朽ち果てながらも半秘境化し、屋敷自体が魔樹化したのではないだろうか？

そう考えれば【老朽化しつつも自己修復を行う生きた屋敷】にも説明がつくのではないだろうか？

「うん、我ながら結構いい線いってると思うぞ。クーガはどう思う？　って寝ちゃったか……」

ブツブツ呟きながら考えていたが、横で聞いていたであろうクーガに話を振ると、クーガは前脚を交差させ、その上に顎を載せて目を瞑っていた。

『起きておりますよ、マスター。私には少し難しい話です、ですがその話がもっともだとして、屋敷が復元されたのは一体なぜですか？』

『それに関しては私の方から説明させていただきます』

今まで沈黙を守っていた屋敷が、クーガの質問に答えるように突然話しかけてきた。

この屋敷、完全に自我を持っているじゃないか。

最新式の自律式ゴーレムだってこんな精巧に作れないぞ。

秘境の力ってすごい、俺は素直にそう思った。

『簡単な話です。そもそも私には、自我は無くとも、ぼんやりとした意識は芽生《めば》えておりました。まぁ……はっきりしたものでは無いのですが……あぁ、体の中に何かあるなぁ、くらいです。そこに、ご主人様が放った恵みの聖水を流し込まれ、水に溶け込んだ濃い魔素と魔力が細部にまで流れ込んできました。それにより屋敷が活性化、朽ち果てる前の姿へ自己修復したのです』

「なるほど……実に簡単な話だ……」

ようは、俺が放った【アクアジェット】は本来、激しい水流を打ち出す攻撃用の魔法だ。

俺の魔力が溶け込んだ【アクアジェット】に押し流された魔素の粉塵が、さらに水に溶け込み流される。

水流は壁や床の裂け目から内部に浸透《しんとう》し、毛細管現象《もうさいかんげんしょう》により細部にまで染み渡ったのだろう。

粉塵に見えたものは魔素が具現化したものだ。

具現化するほどの濃い魔素と、魔素を媒体《ばいたい》にして魔法を発現させる魔力が、屋敷のうっすらとした意識に同調し、昔の――若かりし頃の屋敷を復元したのだろう。

……俺の魔素の影響により、全盛期の姿を取り戻したあのクライシスのように。

「はー……まじ秘境、秘境ぱねーっすわ」

『森にいた若いご老人やヘルハウンドになった私と同じような境遇《きょうぐう》なのですね、マスター』

どうやらクーガも、屋敷の説明に合点《がてん》がいったようだ。

さすが知能の高い魔獣なだけある。

『であれば屋敷よ！　お前は今から私の弟分ということになるな！』

『そうなのですか？　弟分というのが分かりませんが、よろしくお願い申し上げます』

屋敷とクーガはなぜか分かり合ったようだ。

よくよく考えてみれば、自律式の木造建築なんて、この世に一つしかない超希少物件じゃないか。

色々と細工《さいく》をすれば、俺が留守《るす》の間も家を守ってくれる存在になるんじゃないか？

簡易的な自動人形を作って屋敷とリンクさせて……おおぅ、夢が広がる。

胸をわくわくさせながら新しくなった室内をぐるっと見回す。

大きすぎない重厚《じゅうこう》な造りの扉。玄関は広く、正面にはしっかりと手すりのついた階段、左右に伸びる通路は採光《さいこう》も良さそうだ。

予定では二階を寝室にするつもりだ。

地下室と三階はどんな部屋にするか後で考えるとしよう。

「さて、屋敷は思いがけないサプライズで新築レベルになったし……後は……お金だな……」

そう、屋敷は綺麗になって掃除をする手間も省《はぶ》けた。

だがしかし、家具を揃えようにも何をしようにも金が無い！
生憎《あいにく》、屋敷と共に再生した家具の中にベッドは無かった。
仕方なく二階の寝室でクーガに抱かれて睡眠《すいみん》を取った後、街へと繰り出すことにした。

◇　◇　◇

翌朝。
目を覚ました俺は、手早く外出の準備を整える。
今日の目的は、タルタロス防具店にいるルシオに、仕事の斡旋《あっせん》をしてもらう事。
俺は自立するのだ。
一人でしっかり稼げる甲斐性のある男になるのだ。
胸いっぱいに朝の空気を吸い込み、清々《すがすが》しい気分になる。
実に気持ちが良い朝だ。
まるで生まれ変わったように気持ちが良い。
グギュル。
うんうん、腹の虫も生まれ変わって気持ちが良いんだろう、実によく腹に響く。
何も食べていないせいなのだが、いかんせん食べる物がないので仕方ない。

こんな事なら昨日のパーティの残りの食事を、恥を忍《しの》んで分けてもらえば良かったと思った。

「っしゃ！　行こう！」

屋敷を出ると、近所の奥様方や通行人が屋敷を見ながら何かを話している。

ついでに屋敷から出てきた俺を見て、さらに何かを話している。

そりゃ一晩でボロ屋敷から新品の屋敷に様変《さまが》わりしているんだから、話題にもなるだろう。

こうなる事は予測済み、別にやましい事はしていないし、この屋敷の名義も既に俺、フィガロになっている。

奥様方の隣を堂々と通り抜け、ニコリと純心《じゅんしん》スマイル。

「おはようございます！　とても良い朝ですね！　ではごきげんよう！」

ハキハキと爽やかに挨拶を投げかけ、唖然《あぜん》とする奥様方を尻目に意気揚々《いきようよう》と道を行く。

鼻歌でも歌ってしまおうか、とも考えたが、それはやめておいた。

通りへ抜け、いざ一路タルタロス防具店へ。

「おはようございます、ルシオさん」

「おお、これはこれはフィガロさんではありませんか！　剣の具合はどうですか？」

店に入るとまだ開店したてなのか、客足も疎《まば》らだった。

カウンターで作業をしていたルシオを見つけ、軽い挨拶を交わした。

「はい！　これは最高の剣です！　本当にありがとうございました！　で、不躾《ぶしつけ》で申し訳無いのですが……私、ちょっと働きたくてですね、その、どこかにいい働き口はありませんか？」

「えっ……働く、ですか……？　そうですね……フィガロさんはお強い。なら打って付けの職がありますよ」

「ほ、本当ですか！　是非紹介していただければと思うのですがっ!!」

少し困惑気味のルシオだったが、俺の熱意が通じたのかカウンターに座るよう指示された。

「今紹介状を書きますので、しばらくお待ちくださいね」

柔らかに微笑むと、ルシオは紙とペンを取り出し、サラサラと紙を埋めていく。

数分後、ルシオはペンを置き、便箋《びんせん》を封筒《ふうとう》にしまってタルタロス防具店のシンボルが刻まれた封印をして俺へ手渡してくれた。

「これを自由冒険組合のカウンターへ出してください。そうすれば組合支部長さんがお話を聞いてくれるはずです。フィガロさんの強さがあれば、自由冒険組合で何不自由無くお仕事がもらえるでしょう」

「自由冒険組合⁉　今、自由冒険組合と仰いましたか⁉」

「えっ⁉　は、はい！」

なんという事だ……。

自由冒険組合といえば、荒《あら》くれ者の冒険者達が集まる場所だ。

各地で実践《じっせん》を積《つ》み重ね、色々な場所へ赴き、あらゆるモンスターと対峙《たいじ》する者達、冒険者。

人気職の中に常にその名前がある男の憧れ。

なろうと思えば誰でもなれるが、名が売れて真の冒険者として認められるには、長大な時間と確かな実力が必要な職業である。

何度も言うが、かの有名な冒険家リグ・リベットも、最初は駆け出しの冒険者だったのは有名な話だ。

落ち着いたらやってみようかな、と思っていた冒険者だが、こんなに早く機会が巡ってくるとは思わなかった。

「ありがとうございます！　このご恩は一生忘れません！　所用を片付けた後、早速行きたいと思います！」

「お、お気を付けて」

ルシオにお辞儀と握手をし、感謝の言葉をしっかり伝えた後はすぐさま踵《きびす》を返し、足早にタルタロス防具店を出る。

背後から「最初に適性試験があるんだけど……まぁいいか」と聞こえてきたが、俺も、まぁいいか、と思った。

多分その組合支部長が色々説明してくれるだろう。

◇◇◇

ルシオから紹介状を受け取った後、俺の足はトワイライトへ向いていた。

アルピナに今までの感謝を伝えて、今後の事を話そうと思ったのだ。

自分が穀潰しだと自覚した今、申し訳ない気持ちでいっぱいだった。

トワイライトへ帰っても、アルピナは昨日と変わらない笑顔と口調で俺を出迎えてくれるだろう。

何から話そう、どうやって切り出そう、と考えているうちにトワイライトに着いてしまった。

まだ昼前だからお店自体は営業していない。

なので裏口へ回り、立ち止まる。

いつもならば普通に扉を開けて入るのだが、自責の念が扉を開ける事を躊躇《ためら》わせる。

目を閉じて深く深呼吸。

「スーー、ッハアアア……よし……」

心を落ち着かせて、裏口の扉をゆっくりと開ける。

朝方は従業員の人達が酔い潰れている事もあるので、なるべく静かにするのがお決まりだった。

トワイライトの外観はどぎつい色でギラギラに装飾されているが、エッチなお店ではない。

ただ、従業員全員の性別が逆転しているだけである。

客は従業員と一緒に酒を飲み、歌を歌い、時には涙し、時にはケンカもする、かなりフリーダムなお酒処なのだ。

なので従業員達は開店から閉店まで、否応《いやおう》無しに酒を飲み続ける。

強い酒から弱い酒、安い酒に高い酒、様々な酒が置いてあるのだが、最近流行《はや》っているのが、レディダンディという蒸留酒《じょうりゅうしゅ》のストレートを何杯飲めるか、という力比べの酒バージョン。

アルピナ曰く、「最近お店の売り上げが悪いから、苦肉の策で思いついたんだけど、意外に当たって売り上げも上々よん」との事だ。

ただでさえ酒を飲み続ける仕事なのに、そんな力比べまで導入されたもんだから、従業員達は絶対と言っていいほど潰れてしまう。

結果、朝の店内には潰れた従業員達が転がっており、さながらアンデッドの集団が寝ているような光景だった。

「うわ……ケンさんゲロまみれじゃん……相当飲まされたのかな……」

床に転がっている従業員の間を縫《ぬ》って進み、「スタッフ以外入っちゃダメよ？」と書かれた暖簾《のれん》をくぐり、店の奥にあるアルピナの自室へと向かう。

「朝早くすいません。アルピナさん、起きてますか？」

アルピナの自室の前に辿り着き、扉を開ける前に一声かける。

「あらフィガロちゃん、おかえりなさい。入っていいわよん」

言われるがままに扉を開け、中にいるアルピナの姿を探した。

アルピナは座卓に向かい、事務処理をこなしているようだった。

「おはようございます。ただいま戻りました」

「うふ。パーティはどうだったのかしらん。トラブル、起きた？」

「はい。パーティの最中、デビルジェネラルという悪魔がクリムゾン公爵を殺害しまして……」

「あらあら……って噂の公爵様死んじゃったの⁉　これは貴族が揺れるわねぇ……で、もちろんフィガロちゃんが勝ったのよねん？」

事務処理を進める手を止め、目を丸くさせたアルピナは、手元にあったキセルに火をつけて煙を吐き出した。

「えぇ、まぁ。それで……その後色々ありましてですね。……そのぅ……」

「なぁに？　やけにかしこまっちゃって。お腹すいたの？　それとも王女様と何かあったの？」

「いえ、そうでは……ないんですが……私の身の振り方というか、あまりにもこちらにお世話になりすぎているというか……」

アルピナは煙を吐き出しながら小首を傾げる。

その姿はやはり美しく、男性とは思えない女性らしい所作だった。

黙っているという事は、俺の言葉の先を待っているという事で……。

「なので、ここを出ようと思います」

「そう……なのね」

「はい。驚かれないんですね」

「そりゃあ多少はびっくりしたわん。けど、フィガロちゃんも子供じゃない。フィガロちゃんは常に色々考えているもの、いつまでもココにいるとは思っていなかったわよぉ。遅かれ早かれこうなるって予想していたもの」

アルピナの返答に俺は言葉が出なかったが、この人は大人だな、と思った。

成人したからといって大人になったというわけじゃない。

本当の大人というのはこういう人の事を言うのだろう。

「大丈夫、今までココに滞在《たいざい》していた分のお金はいらないわん。その代わり、ちょくちょく顔を出してね」

「あの……」

「なぁに？」

もっと言いたい事や聞きたい事があったはずなのに、その一切合切《いっさいがっさい》が頭の中から消えていた。

でもただ一つだけ頭に残っている質問、これだけは聞かないといけない。

「どうして、こんなに良くしてくれたんですか？　お金も払わず自分のやりたい事をやって、ただ飯食べて、衣服やお小遣《こづか》いまで分けてもらって、ルシオさんに紹介もしてもらって……何でアルピナさんが、こんなに良くしてくれるのか分からないんです」

「んー……ま、色々さね。答えてもいいけど、それは多分、フィガロちゃんが望まない答えよん？　いいの？」

「構いません。教えてください」

「……ふぅー……いい？　これは嘘みたいな本当のお話よ。そんな事あるわけ無いって思うかもしれないけどね」

少しの沈黙の後、アルピナはキセルから煙を大きく吸い込み、吐き出す。

同じ動作を数回繰り返し、いつもとは違う、男性的な目を俺に向けた。

「単刀直入《たんとうちょくにゅう》に言うよ。あんた、アルウィン家の次男坊だろ」

「……は？」

「誤魔化しは出来ないよ。こっちにはその確証があるんだ」

どうしてアルピナがアルウィンの名前を出すんだ？

そりゃあ隣国《りんごく》で大きな権力を持つ貴族だけど、俺はもう縁《えん》を切られているし、何の関係もないはずなのに。

どうして俺がアルウィン家の、しかも次男だと、バレているんだ。

アルピナの言葉に思考が停止し、目の前がぐらりと揺れる。

「安心おし、だから利用したんだ、とかそんなチンケな事を言うつもりはないし、その名前を利用してどうこうするつもりもない。ここからは少しアタシ語りになっちまうんだ。と言うよりこれを話さないと、フィガロちゃんの質問には答えられないからね」

「はい……」

生唾を飲み込み、じっとアルピナを見つめる。

アルピナは体勢を崩し、シナを作って座卓に寄りかかった。

「アタシはね、流れ者なんさ。雌雄同体《しゆうどうたい》の呪い子として産まれ、故郷カンナギを捨てた流《る》浪人《ろうにん》。元の名前なんざドブに捨ててきた」

「雌雄同体って……⁉　そんな事あるんですか⁉」

「早速突っ込んでくるねぇ……突っ込まれるのは嫌いじゃないけどん……そうさねぇ……アタシは女であり男でもある、雌雄嵌《かん》合体とも言われてるねぇ。この体には男のナニと女のアレが両方あるのさ。おまけに心まで男女が混在してて、めんどくさいったらこの上ないのよぅ」

濡《ぬ》れたような瞳を俺に向けてはいるものの、口調は気《け》だるそうなものだった。

相変わらずアルピナのボンバイエは主張が激しく、会話をしていても無言の圧力をかけてくる。

どうやったらあんなボンバイエになるのだろう、と思った時もある。

だがアルピナは男なのだとずっと思っていたし、ボンバイエも徹底的な幻術か何かだと思い込んでいた。というか、思い込む事しか出来なかった。

それが……雌雄同体？

信じられない話ではない。確かに動植物の中では、非常に稀なケースだがそういった個体が生まれる事はある。

そういう個体は特別種として、多額のお金で取引されたり、どこぞの貴族がコレクションしたがったりするような存在だ。

けど人間でも……なんて……。

「アタシ、元は双子だったのよぅ。母親のお腹の中にいた頃は確かに双子だったらしいのん。でも……出てきたのは男と女が合体した奇妙な人間だったのさ。アタシがもう一人を食い殺したんだ、って当時は大騒ぎだったみたいねん。でも両親は必死にアタシを守ってくれたよ。けどね、アタシが十八歳の頃さ。アタシの噂を聞きつけた他国の商人がやってきて……アタシを買いたい、と言ってきた」

「それで……売られたん、ですか」

「まさか。その逆さ。はじめは両親が丁重に断ってくれていたけど、商人はしつこく取引をせがんだ。出来損《できそこ》ないの兄弟殺しを買い取ってやるんだから感謝しろ、とまで言っていたねぇ……それを聞いた父親は烈火《れっか》の如《ごと》く激怒《げきど》し、商人を殴りつけちまったんだよ、あんな父親の姿はそれまで見たことなかった。けどその商人ももちろん怒っちまってね。しかるべき措置《そち》を、と喚いてた」

「いい、お父さんだったんですね」

　俺がそう言うと「まぁねぇ……」とだけ返し、アルピナはしばらく窓から見える青空を見つめていた。

　空には雲一つなく、とても気持ちの良い天気だった。

　太陽は空の頂点に近付いており、そろそろお昼の支度《したく》で街が活気付き始める時分だ。

「ふぅ……。アタシはね、十八歳になるまで、ずうっと蔑《さげす》まれて生きてきたのさ。呪い子だ、奇天烈《きてれつ》な体は悪魔の器だ、とかさんざ言われたもんさ。故郷のチンピラどもに弄《もてあそ》ばれた事もある。でも両親はそんなアタシをずうっと庇《かば》ってくれた。人と違うって事は特別な事なんだ、と説《と》いてくれた。十四の頃、近所のお社《やしろ》でアタシが巫女《みこ》をやらせてもらえる事になった、と母親が嬉しそうに言ってきた。両親はアタシを育てるために、色々な犠牲を払ってきたはずなのよぅ……だからね、アタシはカンナギを出ようと決めたの。両親にこれ以上、迷惑《めいわく》かけたくなかったからねん」

「でも、それは違うんじゃ」

「そうかもしれないねぇ……でも、当時のアタシはそう思ってしまったのよぅ。十八まで、その身を犠牲にして育ててくれた両親への裏切り、と言われても仕方ないのん。でも黙って出て行ったわけじゃないわ？　きちんと話をした上で、アタシは商人に買われる事を決めたのん」

「それで……ご両親は」

「アタシが商人と交渉したんさ。買われてやるから殴った事は水に流せってねん。商人はアタシを買い取れると分かり、上機嫌でその条件を呑んだわ。だから多分、両親は今でも元気でやっているはずよん。かなり高額でアタシを買わせたから不自由も無いはずなのん。その後色々あったけど、アタシは商人と一緒にカンナギを出た、そして……商人を飛龍に襲わせた」

「飛龍に襲わせたって……どういう事ですか」

「アタシのシキガミはね、カンナギに伝わる秘術でも何でもないのさ……コブラちゃんと同じ、アタシだけの異能なの。その本質は、【依代《よりしろ》を自分のイメージ通りの生物として具現化させる】依代魔法。その力に気付いたのは八歳の頃ねん。だからアタシは、隠し持っていた小鳥の木像で異能を発動したの、小型の飛龍としてねん」

「そんな……事って……」

「飛龍はよくやってくれたわん。商人と商人の雇った護衛共々皆殺しにし、アタシは逃げた。飛龍を作り出した反動で魔力もすっからかんになって、魔力欠乏症の一歩手前で立つ事も出来なかったアタシは這いずって逃げた。その後、道中で行商人の馬車に拾われて……ランチアに辿り着いたのさ」

そこまで語り終えたアルピナは「ちょっとトイレ」と言って席を外《はず》した。

のんべんだらりと過ごしているように見えて、結構壮絶な過去を持っていたアルピナ。

だが、アルピナの過去と俺の家名が繋がるような事は何一つなかった。

両親から愛され、両親を愛するがゆえに故郷を捨てたアルピナと俺、どこに関係性があるのだろうか。

以前、俺の生い立ちを話した時、アルウィンの名前は出していないし、これまでアルウィン家の話題になった事もなかった。

「ただいまん」

「おかえりなさい」

「さて、と……続きを話そうかね。アタシがフィガロちゃんを匿《かくま》ったのは、境遇は多少違えど、フィガロちゃんに昔のアタシを重ねていたからなのよん。おかしな体を持って森でひっそりと暮らしている、そんなフィガロちゃんにね」

「それと……アルウィンがどう、関係あるんですか？」

「焦《あせ》らない焦らない。まだお話は終わってないのよん」

わざわざ淹《い》れてくれたのだろうお茶を俺に渡し、アルピナは先ほどと同じように座卓へ寄りかかり、再びキセルに火を入れた。

「そんなわけでアタシはフィガロちゃんを匿った。でもね、それだけじゃ終わらなかったんさ」

キセルを持ったほうとは逆の手には、とあるペンダントが握られていた。

ペンダントから伸びるチェーンはピンクゴールドの輝きを保ち、ペンダントトップはターコイズ色の石が嵌め込まれ、周囲をビーズで装飾された大振りなものだ。

アルピナはそのペンダントを大事そうに握り、続きを語り出した。

「ランチアに流れ着いて、身分も金も何もないアタシがまっとうな仕事にありつけるワケもなく、麻薬の密売、窃盗《せっとう》、運び屋に掃除屋、金になる事は何でもやった。どんどん裏の世界に落ちていってね……商人を殺した業《ごう》がアタシを下落させたんだろう、と当時は思っていたっけ。それが十年前の話さ。裏社会も今ほど纏まってなかったからね、金と暴力が支配する薄汚い肥溜めみたいな所でアタシはしぶとく生きて……四年前、ある女の子と出会ったの」

アルピナは手に持っていたペンダントの鎖《くさり》を摘み、ぶら下げる。

鎖の擦れる音が軽やかになり、大振りなペンダントトップは振り子のように揺れている。

遠い目をしながら語るアルピナの雰囲気に呑まれ、俺は黙って聞いている事しか出来なかった。

「その子はね、当時ランチアが誇る二つの魔導学院の片割れ、上級魔導法学院の学生さんだったのよん。富裕層が通う事で有名な上級魔導法学院、そこに留学生として在籍《ざいせき》していた女の子がね……アタシの仕事を邪魔してきたのさ。その時アタシは、路地裏でチンピラまがいの男どもに麻薬を売る仕事をしてたわぁ。でも、ちょっとトラブって男どもがアタシを手篭《てご》めにしようとしてた時、眩《まばゆ》い閃光《せんこう》と共に彼女は現れたのん。閃光は魔法の光、小さな体なのに男のような啖呵《たんか》を切って、さらに追撃の魔法。動かなくなった男達を尻目に彼女はアタシに手を差し出したわん……あの時はゾクゾクしちゃったわぁ……アタシが襲われてると思って助けてくれたんさ。年は違えど、何となく気が合ったアタシとその子は度々会うようになったのん。もちろん、アタシが裏社会の人間だってことは伏せてねぇ……

前に少し話したでしょ？　戦乙女の瞳のお話した時に」

「その女性が……どう……」

「ふふん……これを聞いたらフィガロちゃんはきっとびっくりするわよぉ？　その子の名前、何だと思う？」

「え……いや……分かりません」

ニタァ、と笑うアルピナの笑顔は非常に悪戯っぽいものだった。

俺の反応を楽しんでいるような、そんな気さえする。

「その子の名前は……ヴァルキュリア」

その名を聞いて俺の体が跳ねた。

冗談抜きで跳ねた。

体の一部がヒュン、となった。

ランチア上級魔導法学院に留学していて、男のような啖呵を切る、ヴァルキュリアという名前の小さな女性。

そんな特徴を持ったヴァルキュリアという名前には一つしか心当たりがない。

「し、知りませんね……そんな名前……」

「ふーん？　言ったろぅ、アタシに嘘や誤魔化しは通用しないって」

「嘘なんてついてませんよ。誤魔化すだなんて……」

「本人から聞いていたのよぅ。バカで出来の悪い、優秀《ゆうしゅう》でデタラメな弟がいる、ってね」

「へ、へぇ……」

「その弟クンの名前はフィガロ。どう？　まだ言い逃れするぅ？」

そこまで言われてしまってはもう観念するしかない。

一筋《ひとすじ》の汗が額からこめかみに流れ落ちると同時に、俺はため息をついた。

「いえ、完敗です。なるほど……アルピナさんのご友人で戦乙女の瞳を作り上げた協力者、ええ、はい、そうです。ヴァルキュリア・アルウィン。間違いなく私の姉様です」

「んっふふーん。しーてやったーしてやったーぁ」

「つまりアレですか!?　私がフィガロと名乗った時からヴァルキュリア姉様の弟だと分かっていたという事ですか!?」

「いいえ？　さすがに数年前の出来事だから、どこかで聞いた事があるくらいにしかはじめは思ってなかったけど、フィガロちゃんとお話していた時にふと思い出したのん。だから戦乙女も見せてあげたのよん、それで気付くと思ったんだけど、ね？」

「あ……あぁぁあ……！　そういう意味か！」

吟遊詩人《ぎんゆうしじん》に伝わる、ヴァルキュリアの伝承《でんしょう》というお話がある。

戦乙女とも、戦の女神とも謳われるヴァルキュリアを題材にしたお話だ。

ワルキューレの楽曲とも称されるそれは絶えることなく謡われ、語り継がれてきた神話。

私の名前はその戦乙女、ヴァルキュリアから取って付けられたのだ、と姉様が自慢げに話していたのを思い出したのだ。

ヴァルキュリア・アルウィンとアルピナが共同で製作した魔導技巧【戦乙女の瞳】は、ヴァルキュリアの【戦乙女】という別称と、アルピナのシキガミの視覚共有という【瞳】を合わせた名称であるのだと、今理解した。

「んふー、やあっと分かったのねん？　だからよ、だ、か、ら」

「だから、とは？」

「んもう！　本当ニブチンね！　親友の弟だったら、お世話してあげるのって当然だと思うわよん？」

「あ、あー……」

「ま、あの子が今どこに居るのかも知らないから言えないけど……あの地獄《じごく》みたいな世界から引っ張り上げてくれたのはヴァルちゃんだからね。あの子のおかげで裏社会から足を洗う事が出来たし、何より居場所が出来たのん。あの子は研究の延長線上だって言うかもしれないけど、アタシは違うわぁ。もうね、あの子には感謝しかないの。それだけの恩義を感じていて、その子の弟を見捨てるはずがないでしょぉ？」

ふい、とそっぽを向いて頬を膨らませるアルピナ。

しかし昔を思い出したのか、目尻にはうっすらと涙が載っていた。

なるほど……そういう事だったのか。

世界は広いようで狭い。人の繋がり、とでも言うのだろうか。

姉様がアルピナと出会っていなければ、今こうしてアルピナと話している事も無いのだろう。

因果というのは不思議なものだ。

家では散々勉学の面でしごかれた鬼のような姉様、そんな姉様の違う一端《いったん》を垣間見《かいまみ》られたような気がして、少し胸の内がほっこりした。

「ありがとうございます。本当に、ありがとうございます」

この時、俺の胸の中でつかえていたものが落ちたような気がした。

ぬるくなったお茶を啜りながらアルピナと色々話した。

握っていたペンダントは、姉様がランチアを去る際にくれたものだという。

姉様は結構外では社交的らしく、実力を鼻にかけないいい子だったらしい。

アルピナは実験と称して色々な場所へ連れて行かれたようで、スイーツ巡りやカフェ巡り、ショッピングに悪漢《あっかん》退治、シキガミの耐久性や持久力《じきゅうりょく》の検査など、散々に振り回されたのだと楽しそうに語る。

初めてアルピナのシキガミを目にした時、姉様は目を輝かせていたそうだ。

どんな事が出来るか、何が出来ないのか、今自分がシキガミの能力を把握出来るのも、当時の姉様が根掘《ねほ》り葉掘《はほ》り質問し、あらゆる行動パターンを試した結果なのだ。

姉様は二年の留学期間中、戦乙女の瞳の製作に夢中になっていたらしく、「この発明は世界を変える。けどこの能力が使えるのはアルピナしかいないから、この地で埋もれてしまうのが残念」と始終嘆いていたそうだ。

しかしアルピナとの共同製作で作り上げた試作品の数々は、姉様の魔導技巧開発における情熱の結晶で、それらは現在も学院が管理しているのだとか。

姉様の立てた魔導技巧の新しい基礎《きそ》理論は学会でも有名になり、在学中に何度も革新的な技術を生み出していき、天才の名をほしいままにしたという。

「ヴァルちゃんねぇ、言わなかったけど、フィガロちゃんの事大好きだったみたいよ？何かあれば、すぐにフィガロフィガロって言ってたし。フィガロの体でも魔法が使えるようになる技術を私が開発するんだって、アタシに語ってくれたわん……でも、それは叶わなかったみたいねぇ……まさか勘当するなんて……そんなに魔法の道に精通した有力貴族なら何か出来ると思うのだけど」

「何で、でしょうね。父様の考えは私には理解出来かねます」

姉様が俺のことを好いていてくれたなんて初耳だ。

家では、姉様から出された山積みの課題を前にして泣きそうになっている俺を見て、ほくそ笑んでいたのに。

だけど、姉様がそんな事を考えてくれていたなんて、思いもよらなかった。

「そうよねぇ……難しい問題ね。まぁでも、きっとヴァルちゃんはフィガロちゃんを勘当したお父様に怒ったでしょうね」

「はは……だといいんですがね」

「ま、でもぉ。そのおかげでアタシはフィガロちゃんを通して恩義を返せる、これも自己満足だけどねぇ。さて、と……昔話はこれくらいにして、大丈夫なのかい？　お金とかさ、色々あるだろう？」

「はい、私、冒険者になろうと思うんです」

「ぼ……冒険者!?　確かにフィガロちゃんの強さならいい仕事かもしれないけど……本気かい？」

「もちのろん、ですよ」

眉間《みけん》に皺を寄せるアルピナに対し、力こぶを作りアピールする。

「フィガロちゃんが決めたならアタシは文句言えないわぁ？　でもやるからには、頑張ってねん」

「はい！　貴重《きちょう》なお話をありがとうございました。ですが私はもう……」

「わーかってるわよぅ、ただのフィガロ、でしょ」

「はい、面倒臭くてすいません」

ふん、と鼻を鳴らしたアルピナが手を差し出してきた。

俺はその手をしっかりと握りしめ、数度上下に振る。

「何かあったらいつでもおいで。何もなくてもいつでもおいで。みんなアンタの事が大好きなんだ。もう一つの家族と思ってくれたら嬉しい。あと貸しているシキガミ……バルムンクちゃんだっけ？　餞別《せんべつ》として持っていっていいわよん」

「……はい。何から何まで本当にありがとうございました」

固く握られた手をほどき、深く礼をしてアルピナの部屋から出る。

溢れそうになる涙をぐっと飲み込み、次に行くべき場所へと気持ちを切り替えた。

相変わらず床に転がっているトワイライトの従業員達。

いつでも来られる場所なのだから、感傷に浸《ひた》る事もないのだが、それとこれとは別だ。

寂しい気持ちに変わりはない。

「それじゃ皆さん、行ってきます」

起こさないよう、そろりそろりと裏口まで辿り着き、一礼をして静かに扉を閉めた。

冒険者になる事を伝えなければいけない人物の名前を、頭に浮かべる。

クライシスは度々連絡を取っているし、一人暮らしを始めて冒険者になる、と言ったところで「おう、そうか」くらいしか返ってこない気がするけど……一言言うべきだな。

「クライシス、聞こえますか」

裏口のそばにある木立の根元に寄りかかり、ウィスパーリングを起動させ、クライシスへ連絡を取る。

「おー！　なんだどうした！　ついに結婚したか？」

途端にクライシスの明るい声が脳内に響く。

「違いますよ！　どうしてそうなるんですか！　クライシスが寂しがっていないかと思いましてね」

「はぁ？　俺じゃなくてお前が寂しいんだろ？　けどお前が居ないと暇《ひま》だなーぐらいには考えてるよ。愛弟子《まなでし》が居なくて暇してたら突然リッチが弟子入りだぞ、寂しいと思う間もないっつーの。まぁ実のある話が出来るからいいんだがな。それよりお前、リッチから屋敷もらったんだって？」

「えっ⁉　あ、お、おん……そ、そうですよね。はい、仰る通り譲っていただきました。土地の権利なんかはドライゼン王より下賜《かし》されました。なので正式にランチアに居住出来るようになったのですよ。そしてなんと！　私に爵位が与えられるそうです！」

予想外の長い返答に戸惑ってしまったが、クライシスに伝えたい事を手短に伝える。

「あ、そうなん……ってはぁあぁぁあ⁉　お前がそっちに行ってからちょっとしか経ってないんだぞ⁉　だのに爵位だと⁉　つかー……王族ってのは太《ふと》っ腹《ぱら》だねぇ！　まぁ大方、家名の無いお前がシャルルちゃんと結婚するには、世間にそれなりの地位を見せる必要がある、とかそんなこったろーがな。なんにせよ良かったな、おめでとさん……ん？　なんだよリッチ、え？　家の地下にちょっとしたサプライズがあるのを思い出した？　知らねぇよんなもん、自分で行って話してこいよ」

「クライシス？　リッチもそこに居るんですか？」

「あぁ。自分で話せって言ったらなんか慌てて出てったぞ？　多分そっちに向かってる。地下がどうのって言ってたな」

「はあああ!?　今真昼間ですよ!?　人目に付いたらどうするんですか！」

「知らねーよ！　俺に当たるんじゃねぇ！　いきなり飛び出して行ったんだからしゃーねーだろ！」

どうしよう。非常に困った。

ただでさえ噂になっている我が家に、上級アンデッドのリッチが飛来した、なんて事がバレたら大事になるのは必至《ひっし》。

止めなければ。

「一度切ります！　また後ほど！」

「あっ！　おいちょっと待っ」

クライシスが喋っていたが、それを無視してウィスパーリングの機能を止める。

まだ話したい事はたくさんあるのに……くそう。

理由は分からないが、リッチが急いで来るとなれば最高速の【フライ】で来るだろう。サーベイト大森林にあるクライシスの家からここまで、最高速を出せば、おそらくあまり時間はかからない。

いくら上空から来るとしても屋敷周辺は人の目がある。

絶対に見つかってしまう……！

「【フライ】！」

飛行魔法を発動し、俺は地を蹴って空へと飛び立った。

街全体を見下《みお》ろせる高度まで上昇し、サーベイト大森林の方角へ体を向け、一気に加速した。

◇　◇　◇

「ストップ！　ストーーップ！」

ランチア市街地とサーベイト大森林とのちょうど中間地点の上空で、こちらに猛スピードで迫るリッチに向けて、俺は大声で叫んだ。

『あ！　やぁ、少年。ここで会えてよかったよ。屋敷に直接行こうと思っていたんだ。ちょっと地下に忘れ物、というか遺産がね、あったのを思い出したんだ』

「奇遇《きぐう》だね！　ってんなわけない！　リッチを待ってたんだよ！　本当に何考えてるんだ

!!
STOP!

よ！　真昼間だぞ⁉　少しは人目を気にしてくれって……」

俺の声に気付き、目の前で急停止して朗らかに語りかけてくるリッチに、つい声を荒らげてしまう。

猛スピードで飛んでいたのに、ピタリと止まれるこの【フライ】という魔法、慣性の法則とか関係ないんだろうな。

実際飛んでいる最中は空気抵抗も何も無いし。

景色が勝手に後ろへ飛んでいくような感じだ。

『あーそれもそうだね。思い立ったらつい、居ても立ってもいられなくてさ。ごめんごめん』

「勘弁《かんべん》してくれ……それにあの屋敷、かなり様変わりしてるから分からないかもしれないしな」

『早速リフォームしたのかい？』

「リフォーム……になるのかなぁ……実はさ……かくかくしかじかで……」

『うっそ……本当かい⁉　ちょ、早く行こう！　僕も見てみたい！』

「分かったって！　その姿じゃまずい、とりあえず人間の姿に変わってくれ。俺が屋敷まで背負っていく」

『そうかい？　ありがとう。では頼んだよ』

そう言うとリッチは体から煙を吹き出し、一瞬で人間の姿へと変わった。

短く切り揃えられた茶色い髪に琥珀《こはく》色の瞳、人懐《ひとなつ》っこそうな青年の姿でリッチは空中に投げ出された。

それを背中でキャッチし、そのまま屋敷の方へと飛んで帰った。

屋敷の裏庭へ着地し、リッチを背中から降ろすと、リッチは感極まった様子でボロボロと涙を流していた。

『すごい……僕が生まれ育った家のまんまだよ……』

「そうなのか。ていうか、前も思ったけどその姿だと涙も流せるんだな……一体どうなってんだよ……」

『え？　あぁこれも幻術の一種さ。僕の気持ちや感情をそのままトレースして表面に出してくれるからね。涙もその一環だろう』

実に冷静に分析しているが、リッチは瞳から溢れる涙を拭おうとはしない。

『死んでるのに、生きてるって感じがしてとってもいい気分だ。さて、それじゃ地下へ行こう』

「あ、あぁ」

リッチは俺の手をぐいぐいと引いて地下室への隠し扉を開け、そのまま地下へと急ぐ。

屋敷が『そのお方は?』と尋ねてきたので、とりあえず客だ、とだけ言っておいた。

屋敷と話している事を知ったリッチは『インテリジェントハウス……』などと呟いて一

人で興奮していた。

『いやはや、随分と悪趣味《あくしゅみ》な感じに弄《いじ》られてるね……これは少年の趣味ではないんだろ？』

「あったり前だよ！　これはここを祭壇に作り変えた邪教徒達の仕業《しわざ》だ。時間が無いからこのままにしているだけだよ」

『それを聞いて安心したよ。ほら、こっちだ』

そう言うとリッチは入り口から左手奥の何も無い壁の前に立ち、石壁の一部分を押し込んだ。

すると石壁はゴリゴリと石の擦れる音と共に複雑に動き始める。まるで、魔導技巧を思わせるような動きだった。

「隠し扉好きだな……お宅」

『父がね、こういった複雑な動きをするものが好きでさ。この屋敷には隠し部屋や隠し通路なんかもあるから、時間があれば探してみるといいよ。ちなみにここは我が家の金庫室さ』

「金庫⁉　すごいな……でもよく邪教徒に見つからなかったな」

『ふふ、この金庫はね、金庫に魔力を刻んだ人しか動かせないようになっているのさ。どうだい？　すごいだろう？　さぁ少年、これからは君が所有者だ、登録してしまうからここに手を置いておくれ』

自慢げな笑みを浮かべながら、リッチはちょんちょん、と先ほど押し込んだ石壁を指差していた。

言われるがまま、石壁に手を当てると石壁独特《どくとく》の手触《てざわ》りを感じられる。

これは言われれないと分からないな。

隠蔽《いんぺい》もバッチリ、ということか。

『石よ壁よ。ここに在《あ》るは部屋の主にして魔を刻む者。この魔をもって開閉の印とせしめる』

リッチが呪文のような言葉を並べると、俺が手を当てている部分が、うっすらと緑色に発光し始めた。

掌から何かを吸われるような感覚が続き、発光が止まると、その感覚も消え失せた。

『よし、これで少年の魔力登録は終わった。では中に入ろう』

「んほっ……！　カビくさ……」

『まぁ……二百年間閉め切っていたからね……少し換気しようか。【エアブロウ】』

リッチが指を鳴らすと同時に、金庫室内に突風が吹き込んだ。

随分と乱暴な換気の仕方だが、堆積《たいせき》した埃や蜘蛛《くも》の巣などを掃除するには、ちょうどいいかもしれない。

一つ欠点なのは、吹き飛ばした埃などは結局俺が掃除する羽目《はめ》になる、という事だけだ。

『ここにあるのは我が家の財産。今となっちゃ年代物だらけだけど……売ればそれなりの値打ち物もあるはずさ。商品の在庫もこっちに入ってるだろうし……あ、明かりをつけないとね』

　そう言ったリッチが入り口側の壁に近づき、小さく飛び出たレバーを引くと、天井に眩い光が次々と灯っていった。

「は、はは……」

　俺は目の前に広がる、想像していた金庫とはまるで違う光景に言葉を無くした。

『まぁ広さとしてはちょっとした商業倉庫くらいはある。この中の一切合切を君に譲ろう。僕が持っていたって意味の無いものだし、既に僕は死んでいる。必要ないんだ。だからこの家の財産を受け継いで欲しい、それが僕からの感謝の証《あかし》だ』

「倉庫って……この屋敷の敷地よりデカイじゃないか。大丈夫なのか？」

　金庫室内は十分な明かりで照らされてはいるが、部屋の奥が遠くに見える。

　二百年経っているにもかかわらず明かりがついた事にも驚いたが、室内の広さには度肝《どぎも》を抜かれた。

　金庫室は長方形のような造りだと思われるが、全貌《ぜんぼう》は定かではない。

　壁と壁の間に空間があるように見える部分もあるので、もしかしたらそこからさらに金庫室が延《の》びているのかもしれない。

　途方もない広さである。

　豪商恐るべし、って所だな。

『ふふ、地下室までの階段がやけに長いと思わなかったかい？　普通の地下室であればあんなに長くする必要は無い』

リッチが人差し指を立て、左右に振ってチッチッチ、と舌を鳴らした。

「まさかこの地下金庫を作るためだけに⁉」

『ご明答。僕の父は色々と凝《こ》り性《しょう》でね、屋敷や地下室、地下道の設計まで、そりゃもう散々に口を出したそうだよ。地下道は二つ、どちらも緊急《きんきゅう》時の避難《ひなん》や秘密の品物などの搬入路《はんにゅうろ》になっているんだってさ。生憎地下道の所在は教えてもらってないけどね』

「それ……いいのか……？　今なら絶対にアウトな設計だぞ、多分」

『あはは、だろうね。きっと当時もダメだったんだろう、建設員を黙らせるのに苦労した、とボヤいていたよ』

「そこまでするか」

『父はそういう人だったからね、俗に言う徹底主義者ってやつさ。あ、そこ足元気を付けて』

屋敷に関する驚愕の事実をいくつも教えてもらいながら、金庫室内を歩く。

金庫室内には金属棚と大小の木箱が整然と並べられ、金属棚には様々な品物が並べられている。

そのどれもがしっかりと固定されており、ちょっとした衝撃程度では倒れないように工夫されている。

「ん？　なぁ、あれなんだ？」

『あぁ、あれは……父が遠方から仕入れた異国の姿見だよ。精巧な造りの上に鏡の質も良い。だいぶ昔に作られた骨董品《こっとうひん》なのに……経年劣化もしないって父が自慢げに話していたよ』

「経年劣化をしないってのはすごいな。よっぽど丈夫な素材で作られてるんだろうな。今でもこんなくっきりと姿が映り込むんだからな」

俺の前にある姿見。

どんな材質で作られているかは不明だが、黒くどっしりとした猫足の台座があり、その上に長方形の枠組《わくぐ》みがあって、そこに汚れや傷一つない鏡が嵌め込まれている。

枠組みは繊細な彫刻《ちょうこく》が刻まれ、頂点には赤い宝石のような石が取り付けられていて、職人の技を感じさせる一品だった。

「これは上に持って行こう。アンティークな感じがしてすごく良い」

『気に入ってくれて何よりだよ。金庫室には腐るほど物がある、売ってよし、使ってよし、二百年前の逸品《いっぴん》だと言えばかなりの値が付く品物もあるかもよ？　時間がある時に掃除しがてら探してみると良い』

「掃除ね……一番メンドくさいやつじゃん……でもありがとう。まさかこんな、とんでもないおまけまで付いてくるとは思わなかったよ」

『何を言っているのさ。感謝するのはこっちの方だよ。少年は僕がずっと憧れていたクライスラー・ウインテッドボルトの元へ導いてくれたんだ。滅びを待つのみだった僕に再び生きる希望をくれた。まぁ実際は死んでるんだけど……そんな感じだからね。いくら感謝してもし足りないぐらいには感謝しているよ』

にっこりと笑うリッチの顔はとても柔らかで、このまま成仏《じょうぶつ》してしまうんじゃないか、と思わせるくらいには穏やかだった。

かなり面食《めんく》らったプレゼントだったが、今はこの遺産を売りに出すなんて気持ちにはならない。

確かに金はないけど、自分で稼ぐと決めているのだ。

空《あ》いた時間を使って、一つ一つ綺麗にしてどんな品物なのかを確かめてみよう。

売る売らないは俺の身辺が落ち着いてからだ。

「じゃこれで貸し借り無し、だな」

『何を言ってるんだい少年、感謝してもし足りないと言ったばかりだろう？』

「いいや、俺にはこれで十分さ。もし足りないと言うのなら……今度手合わせさせてくれ、回数無制限でな」

『うーん……そんな事でいいのならいくらでも付き合うよ』

「あぁ、よろしく頼む」

その後は姿見を担《かつ》いで屋敷の二階へ戻り、寝室と決めている部屋に運び込んだ。

寝室で眠りこけていたクーガは、初めて見る鏡に最初はおっかなびっくりだったが、次第に慣れたようで、鏡に映る自分の姿を見ては首を傾げていた。

屋敷も手に入ったことだし、基本的にクーガは家の中で放し飼いにする事にした。

巨大な体躯だが、この屋敷の構造も大きく作られているので、普通に生活している分には何ら不自由は無さそうだった。

外に出る時だけ俺の影に潜ませる事にしたのだ。

影の中がどれくらい広いのかは分からないが、クーガだって伸び伸びと過ごしたいはずだ。

正直、もうそろそろドライゼン王に相談して、クーガを外に出しても問題ないように取り計《はか》らってはもらえないだろうか、とさえ最近は思う。

そうすればクーガに乗って移動出来るし、感じているかは知らないが、何よりクーガのストレス発散にもなるのではないだろうか、と考えたのだ。

『で、さ。一つだけ聞いて欲しい事があるんだ』

寝室から庭へ下り、茂みの匂いをしきりに嗅いでいるクーガを横目に、リッチが何やら神妙な面持ちで口を開いた。

「ん？」

『君はこれからどうするつもりなんだい？』

「あぁ、俺はこの後冒険者として生計を立てて行こうかと思ってる。結構割のいい仕事もあるみたいだしな」

『そうかい……じゃあさ、この僕を仲間にしてくれないかい？』

「仲間……って、魔導の探究とかしたいんじゃないのか？　森でそんな事話してたろ」

『まぁ、その気持ちもあるけど、クライシスさん、お師様から君の話を聞いてから君に興味が湧いてしまってね。どうだい？　このリッチを仲間にしてみないかい？』

リッチからの突然の提案に困惑するも、悪い話では無いと思った。

一人でやるより二人でコンビを組んだ方がこなせる仕事も増えるし、報酬《ほうしゅう》だって増えるはずだ。

「リッチがいいなら、よろしく頼むよ」

『商談成立、だね』

「あぁ。それと俺の名前はフィガロだ。いい加減、少年はよしてくれよ？」

『分かった。じゃあ僕は……そうだな、リッチモンド、にしておこうかな』

「よろしく、リッチモンド」

晴天の下固く握手を交わし、俺とリッチモンドは冒険者としてコンビを組むことを決定した。

『では我は一度帰るとしよう！　再び相見《あいまみ》える時まで健《すこ》やかにな！』

「出たよそのキャラ」

『あはは！　どうだい？　少しは板についてきたかな？　演じていればそれが素になる、とお師様は仰っていたけど、イマイチ分からないよ』

既にリッチモンドはアンデッドの姿に戻っており、共に空中を漂っている。

やたら偉そうな口調になったと思えば、ケラケラと笑うリッチモンド。

これが青年の姿であればちょっとした冗談で済むのだが、いかんせんアンデッドの姿でやられるとちょっとした不気味な感じになってしまう。

「まぁ、気長にやれば、いいんじゃないかな？」

『そうだね、不死の僕には時間なんて意味をなさない。お、今僕ちょっとかっこいいこと言えたね』

「はいはい。そんじゃあな」

『うん、また明日遊びに来るよ！　じゃあねフィガロ！』

リッチモンドはボロボロのローブを翻し、一気に最高速まで加速して飛び去り、あっという間に見えなくなってしまった。

太陽の傾き加減からまだ昼下がりのようだ。急いで行けばまだ間に合う。

そう考えた俺は一度屋敷に戻り、身支度《みじたく》を整えてからクーガを影の中に入れ、再び空へと飛び上がった。

「よし、行こう」

　目指すは市街地の奥にそびえる王宮だ。

◇　◇　◇

【フライ】で王宮の跳ね橋まで飛んできた俺は、そのまま橋のたもとに降り立って、クーガを影から出した。

『ここはやはりいい場所ですね、マスター』

「だなぁ。癒《いや》されるよ」

　一度伸びをした後、尻尾を振って俺の横に座ったクーガが言った。

　クーガの意見には賛成だ。

　王宮へ続く跳ね橋は、巨大な堀の真ん中辺りまでは桟橋《さんばし》のようになっていて、緊急時には道の途中から跳ね上がる形式のものだ。

　橋のたもとにある詰所に顔を出し、通行許可をもらい、その道をクーガの背に乗りテクテクと歩く。

　街の喧騒を離れ、木々のざわめきに耳を傾ける。

　風が水面の上で踊り、柔かな波紋《はもん》を作っている。

それはさながら風と水の精霊が無邪気に遊んでいるようにも見える。

「こんにちは。王様に会いに来ました」

「貴方はフィガロ様ですね！　いやあ、従魔の巨狼殿も相変わらず実に立派で素晴らしい毛並みですね」

跳ね橋を渡り切り、堅牢な門前に辿り着く。

そこに立っていた門番と軽く挨拶を交わした。

門番からすれば巨大な狼が歩いてくるようにしか見えなかっただろうに、覚えていてくれて何よりだった。

この前来た時とは違う反応に、少し心が躍《おど》った。

ちょっとした顔見知り感が出てとても良い。

「ありがとうございます。従……魔ですか」

「違うのですか？　この巨狼はフィガロ様が使役している従魔と聞き及んでおりますが……」

「あ！　いえいえ！　あまりそういう言い方はしないので、少し戸惑ってしまっただけですよ！　いやはや面目ない！　いつもはクーガと呼んでおりますので、もしよければそう呼んであげてください」

従魔という聞きなれない単語に少し狼狽《うろた》えてしまったが、何とか誤魔化すことに成功した。

そのまま話を逸《そ》らすようにクーガの話を振る。

「クーガ……様ですか」

『そうだ。私がマスターの第一の僕、クーガだ』

「しゃべっ……！　この従魔は人語を解するのですか！　なんと素晴らしい……こんな上級種を使役するとは、さすがデビルジェネラルを圧倒しただけありますね！」

目を剥いて驚きながらも感心したように話す門番。

しかし……門番がクーガを見つめる目はとても輝いているように見える。

毛並みは極上《ごくじょう》だし、触りたい、のかな？

ていうか今、デビルジェネラルの話出たよな？　あれ、ひょっとして話が広まってる……？

「あ、あの……よかったら、触ってみますか？」

「いいのですかっ!!」

「はい、構いません。クーガも大人しくしてろよ」

『かしこまりました、マスター。門番、撫でるくらいなら許可する』

「で、では失礼して……おぉ……これは……なんという手触り……まるで上質なシルクのような滑《なめ》らかさ……たまりません……」

門番はクーガの胴体を恍惚の表情で撫で回している。

分かる、その気持ち、分かるぞ。

「ところで……その、デビルジェネラルを倒した、というお話は誰から……？」

「ふあー……へ？　それはぁ……パーティ会場で警備を行っていた兵達が語っていたのですよ……気持ちいい……」

「あ、あの、もう少し詳しくお聞かせ願えませんか？」

「は！　し、失礼いたしました！　極上の触り心地《ごこち》ゆえ我を忘れておりました……フィガロ様の御武勇は、兵士達の間で英雄譚として語られておりますよ。敵の目を欺《あざむ》くためとはいえメイドに扮《ふん》し、デビルジェネラルが尻尾を現すまでメイドになりきっていたと。普通の男であれば耐えられぬ女装という苦行《くぎょう》に身をやつし、虎視眈々《こしたんたん》とその機会を窺っていた。それはまるで、獲物《えもの》を狩るために自然に溶け込むべく、自《みずか》らを泥や草木で擬態《ぎたい》する凄腕《すごうで》の狩人のようだった。デビルジェネラルが悪逆非道《あくぎゃくひどう》の限りをつくす中、勇猛果敢《ゆうもうかかん》にあろう事かメイドの姿で躍り出て、デビルジェネラルの猛攻をものともせず、隠し持っていた聖剣で斬り伏せた、と。それを聞いた我々は大興奮です。フィガロ様の御武勇を目にした兵士達などは、食堂にて熱烈に語っておりましたよ。今ではフィガロ様を知らない兵士は居ないのではないかと！」

「うわぁ……死にたい……」

熱烈に語る門番と俺の温度差は大きく、全身が冷えていく感覚に襲われる。

なんだか話が誇張《こちょう》されているような気もするが、俺が女装してたのを兵士全員が知ってるだって？

どうしたらいいんだよ。うわー……恥ずかしくて死にそう……。

兵士達は蔑んだりするのではなく、純粋に褒めてくれているだけなのだろうけど、黒歴史がそのまま公開されているようなもんだよ……。

お願いだから語り聞かせないで……。

「それに加えてこの人語を解する巨狼の従魔！　もはやフィガロ様は国の英雄と言っても過言ではありません！　尊敬しております！　よろしければ握手を！」

「あぁ、はい……どうも……」

爛々と目を輝かせる門番の熱意に負け、差し出された手を握りしめる。

力強く握手をする門番と別れ、俺は王宮内へと入っていった。

◇　◇　◇

「ぶぁーっはっはっは!!　それはそれは……いやーひーあっはっはっは！」

「笑い事じゃないですよもう……そんなに大笑いする事ですか……」

「これを笑わずしてなんとする！　実に良いではないか！　これで兵士達のハートをしっかりキャッチ出来た！　次期国王として大事なステップだと思うがな？　私は実に満足だ！」

門番とのやりとりをドライゼン王に話した途端、これである。

門をくぐり、王宮への扉の前に立つと自動的に扉が開いた。

どうやら既に連絡が入っていたようで、ドライゼン王との面会はあっさりと成立した。

ドライゼン王と対面した直後、お腹の虫が盛大《せいだい》に鳴り、否応なしに食事の席となったのだが……。

「こっちだってめちゃめちゃ恥ずかしかったんですからね⁉　それを英雄譚として語られるなんて……恥ずかしすぎますって……」

「まぁまぁ、良いではないか。英雄として皆の心に残ったのであれば重畳《ちょうじょう》であろう？　少し前までは名も知れぬ少年だったのだからな」

「仰る通りで……」

ドライゼン王の言うことは正論であり、反論の余地はない。

だが恥ずかしいものは恥ずかしいのだ。

「お、来たようだぞ？」

「そのようですね」

扉の外から足早に廊下を歩くヒールの音が聞こえて来る。

ほんの数秒で扉が開くだろう。

「フィガロ！　来たのね！　いらっしゃい！」

「やぁシャルル。昨日ぶり……今日も元気だね」

「シャルルよ。廊下は走るでない……はしたないぞ」

「しょうがないじゃない、急にフィガロが来たって聞いたんだもん。急ぐに決まってるじゃない。それにお父様だってさっきまでぐうたらしてたのに、フィガロが来るって聞いた途端ビシッと決めちゃってさ？　女の子は準備に時間がかかるものなの！　お母様で分かっているでしょう？」

「ばっ！　それを言ったら王としての威厳が！」

「家族になるんだから威厳も何もないでしょ！　王としてなの？　義理の父としてなの？　どっちの威厳なのよお父様！」

「ま、まぁまぁ……二人とも……」

扉を蹴破《けやぶ》るように勢いよく開けて入ってきたシャルルは、以前の食事の席のようなバシッとした服装ではなかったが、動きやすさを重視して作られたであろう白を基調としたマーメイドドレスは優雅《ゆうが》さを失っておらず、胸元にあしらわれた金の刺繍がささやかな煌びやかさを醸し出している。

フリルなどはついておらず、足首までの丈《たけ》のスカートはほんのりと青いグラデーションがかかっている。

化粧もいつもより薄く、口紅なども引いていない。

唇が少し艶《つや》やかなのはグロスを塗っているからなのだろう。

化粧の知識などは、トワイライトで散々見てきたので嫌でも覚えてしまった。

しかしパーティで会ってからまだ一日しか経っていないのに、数日は経っているような気もする。

そして席に着くや否や始まった父と娘の言い合いに、どうすればいいか分からずお決まりの言葉しか出てこない。

「それよりほれ、フィガロはお話があって急遽《きゅうきょ》来たのだ。お前も大人しくなさい」

「またそうやって話を逸らすんだから……でもそうね、どうしたのフィガロ、ずいぶん突然じゃない」

「ええ、まぁ。今後の事について少しご報告がありまして」

「うむうむ。良い心がけだぞ。シャルルとの婚姻を前向きに考えてくれるのは喜ばしいことだ。ついでだ、ここで昨日話していた爵位の話も纏めてしまおう」

「え！　そうなの!?　フィガロもついに心を決めてくれたのね!?」

「ちょ、ちょっと待ってください。それもありますが、それ以外のお話もあるのです。ひとまず聞いてはいただけませんか？」

ぐいぐいと婚姻の話に持って行きたがる二人を宥《なだ》め、本題を切り出す。

「実は、冒険者になろうと思います」

「「冒険者⁉」」

「はい」

二人は声を揃えて反応した。

そんなに驚くような事なのだろうか、と少し疑問に思ってしまうが、気にせず話を進める事にする。

「私は……今までトワイライトというお店にお世話になっていました。ですが、恥ずかしい事に稼ぎが全くありません。世間の事もろくに知りません。そんな私がシャルルと結婚したからといって、何が変わるのでしょうか。何も変わりませんし、国を背負うだなんて到底無理です。私の甲斐性はゼロに等しい。だからこそ、私は見聞《けんぶん》を広め、深めるために冒険者になろうと思いました。見知らぬ土地を旅し、秘境を探索し、様々な事象に触れてみたいのです。加えて、冒険者は実入りがいいと聞きます。だから……」

「いいよ。冒険者、やってもいいと思うよ。フィガロなら絶対に歴史に名を残す英雄になるよ」

「お主がそうと決めたのなら、私から言うことなど何も無かろう。自分を見据《みす》え、この国の、シャルルとの未来を考えた上での結論であろう？　ならば何を責めればいいというのか」

二人は真剣な眼差《まなざ》しで俺を見つめ、責めもせずただ静かに肯定してくれた。

てっきり危険だ何だと言われるものだと思っていたが、どうやらそれは杞憂《きゆう》だったようだ。

「冒険者の道は厳しいぞ？　まぁフィガロの実力があれば、すぐに上まで上り詰めてしまうだろうがな！　大人になって、国を背負うだけの覚悟が出来たら、その時は喜んでこの国を譲るとしよう。それまでは私に任せてくれたまえ」

ドライゼン王は俺の杞憂を豪快《ごうかい》に笑い飛ばし、杯に注いだ飲み物をぐいと口に入れた。

シャルルの方を見ると、その顔には満面の笑みが浮かんでおり、グロスが塗られた艶やかな唇がゆっくりと開いたのだが——。

「私もついていくわ！」

「グブフォッ‼」

「ドライゼン王！　大丈夫ですか！　ちょっとシャルル悪い冗談はよせ！」

「ゴッホ！　ウェエッホ‼　いつでも、お義父《とう》さんと、呼んでくれて構わんのだぞ……ゴフッゲフゥ！」

「ドライゼン王もこんな時にまでよしてください」

シャルルの爆弾発言を聞き、飲み物が気管に入ったのか、思い切り噎《む》せ返るドライゼン王。

飲んでいたのは赤ワインのようで、少し口元から漏れたワインがドライゼン王の胸元を汚し、さながら吐血《とけつ》しているかのようだった。

「冗談じゃないわよ？　私はいたって本気。フィガロほどじゃあないけど、森から帰ってきてから私も強くなったし、魔法も使えるようになったわ。そりゃあ武器とかは、その……あれだけど、でもフィガロをサポートするくらいなら出来ちゃうんだから！」

「ならん！　それだけは許さんぞ、シャルルよ！」

口元を拭いたドライゼン王が、怒気《どき》を孕《はら》んだ声でシャルルを止める。

シャルルは反対されると思っていなかったのか、売り言葉に買い言葉でドライゼン王に食ってかかった。

「どうしてよ！　婿殿を支えられるような女性になれと、散々言っていたのはお父様やお母様でしょう⁉　フィガロが国のために自己を磨《みが》くのなら、妻となる私が支えてあげるのが筋《すじ》ってものじゃあないの⁉」

「え、えと……あの、それは」

「フィガロは黙ってて！」

突然始まってしまったランチア守護王国トップの親子喧嘩に、俺は為《な》す術《すべ》もなくテーブルの隅で小さくなる事しか出来なかった。

目の前では、今まで見た事のないシャルルとドライゼン王の言い合いが繰り広げられている。

「そもそもお前がフィガロについて行って何が出来るというのだ！　固有結界もまだ使えぬ！　魔法の体得も中級が精一杯ではないか！　せめて上級魔法の一つでもコントロール出来るようになってから言うのだな！」

「それが何よ！　魔法なんて道中で覚えていけばいいでしょう⁉　固有結界を身に付けて数十年のお父様と私を比べないでちょうだい！　私はまだまだ伸びるわ！　魔力プールだってこの王宮内でも群《ぐん》を抜いているわ！　私だっていつまでも子供じゃないの！」

「子供じゃないと言っているうちはまだまだ子供だ！　冒険者はそんなに甘い世界ではないわ！　通常の人間であれば舐めてかかると即座に命を落とす危険な世界なのだぞ！　それにお前はこの国の第一王女であろう！　そんな身分の者が王宮を離れてどうするというのだ！」

「じゃあ何？　フィガロはその危険で命を落としてもいいって言いたいの⁉　その危険から私がフィガロを守るの！」

「そういう事を言っているのではない！　なぜそう偏屈《へんくつ》に物を捉えるのだ！　圧倒的な力を持ったデビルジェネラルを、さらに圧倒的な力で滅したフィガロにとっての危険など、お前が対処出来るような生半可なものではない！」

「あぁ……確かに……じゃなくって！　物理的に守るだけじゃなくて……その、精神的にも守ってあげたいの！　それに一緒に旅をしていればその……夜だって……」

おおっと、ここでシャルルの勢いが落ちてきたぞ。

そして今、夜とか言いませんでしたか？

この子は一体何をイッテイルノデショウカ。

「ほう……さすれば既成《きせい》事実ということで私にも孫《まご》が……って誤魔化すでない！　お前は何を考えているのだ！　さてはアレか？　冒険者になったら今よりもフィガロに会える時間が少なくなって寂しくて震えてしまうからか？　寂しくて寂しくてフィガロを象《かたど》った抱き枕を抱いて泣いて震えてしまうからか？」

何だか、話の展開がおかしな方向へ向かっている気がするぞ。

ドライゼン王が、怒るというよりはシャルルをおちょくりに入っている気がしないでもない。

それに俺を象った抱き枕とか何それ、初耳なんですけど。

え、なに。

この子そんなの持ってるの？

「ばっ……！　お父様こそ何を考えてるのよ‼　私はまだ十六！　子供なんて早すぎるわ！　ええそうですよ！　寂しいですよ！　だって大好きなんですから！　大好きな人と一日たりとも離れたくはないわよ！　一緒に添《そ》い寝したいわよ！　腕枕とかされて、フィガロの小さな胸に顔を埋《うず》めて……ってなに言わせるのよお父様！　大体、フィガロの抱き枕なんてあるわけないでしょう！　あったら私が買い取るわよ！」

「いや、その理屈はおかしい」

顔を真っ赤に染めながら捲《まく》し立てるシャルルは、自分が何を言っているのか自覚したのだろう。

どさくさに紛れてドライゼン王のせいに仕立て上げようとしているが、そんな道理は通らない。

気が立っているゆえの勢いというのはあるが、ここまで心情を自分から吐露《とろ》するのも珍しい。

かくいう俺も、ドライゼン王と見事にハモりながら顔を真っ赤にしているわけだが。

「なによなによなによ！　あーもう！　お願いですお父様！　フィガロと一緒に行かせてください！」

目があちこちにバッシャバッシャと泳いでいたシャルルは観念したかのように頭を下げ、九十度の角度でお辞儀をした。

「だ、そうだが？」

ドライゼン王が流し目で俺を見る。

その顔には悪どい笑みが浮かんでおり、ドライゼン王の真意がなんとなく分かった気がした。

ていうか、シャルルって十六なの⁉

俺より小さいくせに俺より一つ年上だったのか。

年の話をしてこなかったのが悪いのだが、どう見ても年下にしか見えないあどけなさである。

姉様も大概小さかったが、それと同じようなものだろうか。

「あの、言い難いんだけど、シャルルは勘違《かんちが》いしてるよ」

「ふぇ⁉」

目を合わせるのが気恥ずかしく、俺はそっぽを向きながら白パンを齧る。

ドライゼン王は相変わらずの笑みだし、俺とシャルルは顔を真っ赤にしてお互いを見ようとしない。

さっきまで威勢《いせい》よく、ドライゼン王と喧嘩していたシャルルはどこに行ったのか。

突然借りてきた猫のようにしおらしくなり、俯《うつむ》いてテーブルに置いてあるスープをスプーンでぐるぐると掻き回し続けており、目にはうっすらと涙が滲《にじ》んでいる。

相当に恥ずかしいのだろうが、俺だってあんなドストレートに愛情表現されたら、恥ずかしくてたまったもんじゃない。

「初々《ういうい》しいのぅ。まるで昔の私と妃のようだ」

「絶対に確信犯ですよね……ドライゼン王も人が悪い」

「なに、シャルルが詭弁《きべん》ばかり言うのでな、ちょっとばかしからかったらアレだ。好きだから一緒に居たいと素直に言えばよいのだ」

「でもドライゼン王はお許しにならないでしょう？」

「当たり前だ。考えてもみろ、シャルルは国中に面が割れておるのだぞ？　この国の第一王女が冒険者になって出立《しゅったつ》したとなったらどうする」

「ですよねー」

俯いているシャルルを横目に、白パンを齧るフリをしながらドライゼン王とコソコソと話し合う。

いくらシャルルが強くなったからといって、はいそうですか、とあっさり許可が下りるわけが無い。

この国の人間なら誰しもがシャルルの顔を知っている。王女ともなれば軽率《けいそつ》に動ける立場ではないのだ。

「シャルル、俺は冒険者になるからといってこの国を出るわけじゃないよ。ドライゼン王から下賜された屋敷もあるし、シャルルもいる、第二の故郷と言ってもいいこの国を出るつもりは無いんだ」

「そ、そうなの……？　冒険者っていうくらいだから、あちこち旅に出て、月に一度の便りしか無いんじゃないの?」

「あぁ……そういう事か。違うよ、冒険者と言っても常に旅をしているわけじゃない。シャルルが言っているのはお話の中の冒険者だよ。俺は屋敷を拠点《きょてん》にして活動するつもりだから安心して欲しい。それに、空も飛べるようになったから、遠出《とおで》する事があっても、すぐに帰って来られる」

俺が話しかけると、小さい肩をさらに小さくしてシャルルがおずおずと反応した。

遠くに旅に出ると思ったから、ついていくなどと言い出したのだろう。

俺だって色々な場所に行きたいが、何も馬車や徒歩《とほ》で移動するつもりはない。

最高速度の【フライ】で移動すれば、馬車で一時間かかる距離でさえ、十分程度で移動出来る。

「ぐむう……何よう……私の心配返してよ……空を飛べるようになったって、冗談みたいな事さらっと言わないでよ……冗談みたいな事をさらっとやっちゃうのがフィガロだって知ってるけどさ……くすん……」

「ごめんよ」

「フィガロの話をしっかり聞かぬお前が悪いのだぞ、シャルル。しかし空を飛ぶとはな、フィガロには毎度驚かされる。今度詳しく教えて欲しい」

「はい……ごめんなさい、お父様……」

「フィガロ、拝命《はいめい》いたしました」

「分かればよろしい。お前は第一王女としてしっかり務めを果たせ。子供じゃないのなら、座して待つ事も妃の仕事だと知れ」

「はい……分かりました……」

すっかりしょぼくれてしまったシャルルだが、話はきちんと理解しているようだった。

「ドライゼン王、実は頼みがあるのです」

「ん？　なんだ、フィガロが頼みとは珍しい。言ってみるがいい」

「はい、実は、クーガの事なのですが」

「クーガ？　フィガロが乗っていた巨狼の事か」

ワインで濡れてしまったドライゼン王の胸元を、メイドが布でトントンと叩いているのを見つつ、話を切り出した。

ドライゼン王は服を変えようとはせず、メイドに染み抜きを任せているようだ。

「はい、クーガに乗って街を歩く事は出来ませんでしょうか」

「ふむぅ……他国では従魔を使役する軍もあるしなぁ……ランチアでも使う人間が居らぬだけで禁止はしとらん。自由冒険組合からもそんな話は来とらんしなあ。だからといって、急にクーガのような巨狼が街を練り歩くというのもな……」

前例がないという事でドライゼン王も悩んでいるようだ。

これはひと押しすればワンチャンいけるかもしれない。

「もちろん単独で行動はさせません、俺が背に乗るという条件付きでです。絶対に迷惑はかけませんし、何よりクーガはアンデッドの大群を蹴散《けち》らした功績《こうせき》もあります。兵士達にも既に目撃されており、兵達の理解もあるかと。お願いします、どうか便宜《べんぎ》を図ってはいただけないでしょうか」

「うぅむ……まぁ、よかろう！　私が許可する！　兵達にも一応知らせておく。して、そのクーガはどこに？」

「やった！　ありがとうございます！　クーガなら俺の影の中に居ます、出しますか？」

「なんと！　影に潜む術を持っているのか！　是非間近で見てみたい、出してくれ」

「クーガ、出ていいぞ」

『オン！』

俺の声に応えて、立体的に膨れ上がった影の中からクーガがゆっくりと現れる。

いつものように飛び出て来ないのは、ここが王宮内だと分かっていたからだろう。

実によく出来た奴だ。

『お呼びですか、マスター』

「人語を解するか！　素晴らしいな！　他国の従魔でも、ここまでのものは見たことが無い！　毛並みも艶《つや》があり、雄々《おお》しい体躯、知性を灯すその瞳、どれをとっても素晴らしい」

「お褒めにあずかり光栄でございます。クーガ、こちらがこの国の王様だ、俺の上の存在だ。失礼の無いようにな」

『は！　私はヘルハウンドのクーガと申すま……獣《けもの》、マスターの第一の下僕《げぼく》でございます』

「おお……これほどの知恵者ならば街中で騒ぎを起こす事も無かろう。クーガよ、お主はフィガロの足となり街を歩く事を許そう」

テーブルの横でおすましして座るクーガにドライゼン王が告げる。

クーガは目を閉じ、軽く頭を下げて了承《りょうしょう》の意を示した。

「クーガ！　久しぶりね！　相変わらずおっきいね！　ほんとあなたの毛並みは気持ちいいわぁ」

クーガが場に現れた事で、しょぼくれていたシャルルのテンションが一転して跳ね上がり、椅子から立ち上がったかと思えば、クーガの胴体にダイブしていた。

手を体毛の中に突っ込み、わしゃわしゃとクーガを撫で回す。

『久しぶりだな、シャルル。息災《そくさい》か』

「うん！　ねーねー聞いてよ、フィガロがさぁー」

『マスターがどうかしたのか？』

「こらシャルル！　行儀が悪いぞ！　ちなみに、そんなに気持ちが良いのか？」

椅子から立ち上がってシャルルを叱《しか》るドライゼン王だったが、妙にソワソワして落ち着かない。

「いいじゃない、堅苦しい事言わない言わない。すっごい気持ちいいわよ？　ねぇクーガ、お父様にも触らせてあげて？」

『その方はマスターのマスターであろう？　であれば私に断る権利はありません。お好きに』

「だ、そうよ。お父様良かったわね！」

「よ、よいのか……？　途中でがおー！　とか驚かすでないぞ？」

『私はヘルハウンド、誇り高きマスターの魔じゅ……従魔。そんな幼稚《ようち》な事はいたしません』

「で、では失礼して……おほおお……こりゃ堪らん……初めての感触《かんしょく》だ。撫でれば水のようにスルスルと指の間を通り抜けていくこの滑らかさは……夢心地《ゆめごこち》にさせてくれる……」

また、クーガが「魔獣」と言いかけた。

とっさに従魔と言い換えたが、内心ヒヤッとした。

魔獣は一国を滅亡《めつぼう》に追いやるほどと言われている存在で、発見され次第討伐隊が組まれる。

クーガもそこは認識しているので自制したのだろう。

さては煽《おだ》てられすぎて気が緩んだな？

俺が目線を合わせると、クーガは耳をペタンと倒し、居心地《いごこち》が悪そうに目を泳がせたのだった。

ドライゼン王とシャルルはクーガにベッタリで、ずっとモフモフモフモフモフしている。

行儀が悪いと言っていたのはどこの王様ですか。

その様子を使用人達は微笑ましく見守っていた。

「あの、クーガの安全性はこれで分かっていただけたかと思いますが……」

「ん⁉　おお！　そうだな！　確かに問題は無い、確信した！　いや、すまないすまない。私とした事がな。では他の話を進めようではないか」

デレ顔でクーガをモフモフしていたドライゼン王は、立ち上がって体を払い、再びテーブルに着いた。

シャルルは相変わらずクーガの頭を撫でたり、頬擦《ほおず》りしたりしているので放っといても構わないだろう。

「冒険者になると言ったな。であれば私が一筆書いてやろう」

「あ、いえいえ、もう紹介状は別の方からいただいております」

「そうか。ではクーガの件を一筆したためてやろう。先も言ったが、この国で従魔を扱う冒険者は居らん。先んじて自由冒険組合に知らせておけば問題も起きぬであろう」

「ありがとうございます」

会話を聞いていたのか、使用人の一人が便箋とペンをドライゼン王の前に置き、一礼して下がっていった。

　ドライゼン王はサラサラとペンを進め、便箋を封筒に入れた後、王家の紋章《もんしょう》が刻まれた封蝋《ふうろう》を押した。

「これも紹介状と一緒に出すがよかろう」

「はい、ありがとうございます」

「さて、それでは此方の本題を話そうではないか」

「爵位の件、ですね？」

「いかにも。非業《ひごう》の死を遂げたクリムゾン公爵が居たであろう？　今はそのポストが空《あ》いている状態だ。誰かを据《す》え置きたいが、なにぶん貴族は繰り上がりでは無い。そこでフィガロに公爵の位を授《さず》けたいと思っていてな」

「公爵ですって⁉」

　今度は俺が飲み物を噴き出す所だった。

　爵位と言われても、せいぜい男爵とかそこら辺かと思っていた。

「うむ、しかしそれでは他の貴族の反発もあると思ってな。公爵の地位を一つ潰し、新たに辺境伯《へんきょうはく》を置こうと思うのだ。そうすればそこまでの軋轢《あつれき》は生まれまい。文句を言う輩には潰したクリムゾン公爵の領地を分割して与えればいい。どうだ？」

「辺境伯って……公爵と大して変わらない気がするんですけど……ドライゼン王がそれで

よければ私には断る理由はありません」

「おお、良かった。では新しい領地を決めなければならんのだが……国が管轄《かんかつ》している領地を分け与える事にした。どこか希望はあるか？」

「えっと……すみません、ここら辺の地理はあまり詳しくなくて、サーベイト森林公園から市街地までしか分からないもので……」

そもそもどの辺りの土地が国の管轄なのかも分からないし、どの貴族がどの領土というのも分かっていない。

そんな俺にどこがいい？　と聞かれても返答に困ってしまう。

「ふーむ……サーベイト……国境近くであれば辺境伯の位もまかり通るか……よし。フィガロ、予《あらかじ》め聞いておくが、領地内からの税は欲しいか？」

「いえ、私は若輩者《じゃくはいもの》にございます。それにしばらくは冒険者として生きると決めておりますゆえに、税収なども興味はございません」

「そうか。フィガロは実に変わった男だな。税収に興味が無いなど、我が国の貴族達が聞いたら驚くだろうな。ではフィガロよ、サーベイト森林公園を含め、国境沿いの山間部や王宮の裏にある森や湖など、あの辺り一帯はどうだ？」

「えっとー……それ、規模大きすぎませんか……？　せめてサーベイト森林公園だけとかでは……」

「それでは辺境伯にならんだろう？　王宮の裏手の森は国境にほど近い。サーベイト森林公園も隣国と接しておる。サーベイト森林公園からの国境沿いであれば大義名分も立つ。よいな？」

「はい……分かりました」

確かにドライゼン王の言う事はもっともだが、辺境伯は国境沿いに領地を構え、国境を守るという使命もある。

そのくせ俺は冒険者になる上に、屋敷は市街地だ。

まぁ【フライ】を使えば、屋敷から国境沿いに移動するにしても短時間で済む話なのだけど……。

爵位や領地問題を、こんなにふわっとした感じで決めてしまって良いのだろうか？

だが山間部や森が領地だということは、そこには村や集落が無いというわけで。

普通の領地であれば、領地内に存在する村などの管理も行わなければならないので、その点は楽だと言えるだろう。

だから先程ドライゼン王は、税はいるか？　と聞いてきたのだろう。

恐らく俺が税収を望めば、別の領地が与えられていたんだろう。

ドライゼン王は俺が冒険者になる事も加味した上で、そういった手間のかからない領地を提供してくれたわけだ。

もし仮に国境付近でトラブルが起きたら、俺が対処すればいいし、なんならトロイを動員してもいいのだから。

「では改めて頼むぞ？　フィガロ辺境伯。細かい事はこちらで調整しておく。それと家名が無くては締まらぬ、新しい家名を考えておくといい」

そう言うと、ドライゼン王は使用人に手招きし、何事か耳打ちした。

一度下がった使用人は棚から宝具箱を取り、再びドライゼン王の元へ戻った。

宝具箱を受け取ったドライゼン王はおもむろにそれをテーブルに置き、俺へと押しやった。

「これは……？」

「開けてみよ」

促されるまま、俺は宝具箱に手をかけ、そっと蓋を開いた。

宝具箱の中には、小ぶりのナイフが鞘に納められて入っていた。

鞘は白地に赤色で模様が描かれた見事な物だった。

ナイフの柄には王家の紋章が刻まれており、柄尻にはリングがつき、そこに紫色の糸束が括《くく》られていた。

「それは王家の者のみ携行《けいこう》する事が許される、獅子王の牙と呼ばれるナイフだ」

「それって……」

「フィガロ、私はシャルルが大事だ。宝と言っていい。だがその宝とこの国をいずれはお主に譲る。これは妃も了承済みの事だ。しかし私にもいつ何が起こるかは分からない。だからこそ今、お主に受け取っておいてもらいたいのだ」

「婚姻の証、という事ですか？」

「うむ。そういう事になるな！」

「分かりました。王のお気持ち、確かに受け取りました。このフィガロ、ご期待に沿えるよう尽力《じんりょく》する事を誓《ちか》いましょう」

俺は箱からナイフを取り出して席を立ち、ドライゼン王の正面に跪いて盃のように獅子王の牙を頭上へ掲《かか》げる。

「辺境伯の件は追って書面で通達するが、くれぐれもそのナイフは慎重に扱うのだぞ。王家の者としての証明でもある。これより、そのナイフにフィガロの血を捧《ささ》げる。そうすればこの獅子王の牙はお主の物だ」

「は！　……って血を、ですか？」

「そうだ。お主の血と、血に流れる魔力を以《もっ》て所有者登録を行う」

「なるほど、そういう事であれば」

「ではさっそく」

ドライゼン王はそう言うと、ナイフの切っ先を俺の指の腹に押し当てた。

豆粒ほどの血が出るが、それもすぐにナイフへと吸収されていった。

「しかし取り扱いが難しいですね……肌身離さず持っているべきか、大事に保管しておくべきか」

「堅実《けんじつ》な方法としては、お主しか知らぬ場所にしまい込む事だな」

「では、そうさせていただきます」

下賜されたナイフを懐にしまい込み、もう一度礼をして再び席に着く。

シャルルはというと、クーガにしなだれかかり、小さな寝息を立てていた。

窓の外を見ると日はとうに沈み、月が輝く夜へと変わっていた。

「全く……シャルルめ、床で寝るなど行儀の悪い」

「まぁまぁ、クーガの毛並みはそれだけの魅力があるということです。どうですか？　ドライゼン王もご一緒に」

呆れた顔をするドライゼン王だったが、その目には慈愛《じあい》の光が灯っていた。

まさか国の第一王女が魔獣に抱かれながら床で寝息を立てているなど、誰が想像出来ようか。

「お義父さん、と呼んでくれても良いのだぞ？」

「またそうやって……」

「ふはは！　良いではないか！　たらふく食事を取り、月を眺めながら男同士語り合

う……どうだフィガロ、少しテラスへ出てみないか？」

テーブルから立ち上がり、ワインがなみなみと注がれた杯とワインボトルを持ちながら、ドライゼン王は窓の外を顎でしゃくった。

断る理由もないので、テーブルに置かれた果実ジュースのお代わりをコップに注ぎ、ドライゼン王の誘いを受けた。

今食事をしているこの部屋は、隅の大窓からテラスへと出る事が出来る。

窓を開けると外の空気が入り込み、俺の頬を撫でた。

黙ってテラスへ出るドライゼン王の後を追って歩く。

そして俺はテラスから見える景色に心を奪われた。

王宮は市街地より少し高い位置に建《た》てられており、さらに今いる部屋は王宮の上層階のため、テラスからは街を一望することが出来た。

夜の帳《とばり》が下り、街には街灯と家の明かりが無数に煌めいていて、小さな宝石をぶちまけたかのようだった。

「綺麗ですね」

「そうだろう。私はこの景色がとても気に入っている。そしてお主が護った景色だ」

その一言だけで、ドライゼン王は喋るのをやめてしまった。

眼下に広がる夜景をじっと見つめ、語ろうとしない。

ドライゼン王の横顔はとても凛々しく、慈愛に溢れた目をしていた。

遠くで教会の鐘の音が聞こえる。

あれはトロイのアジトの教会だろうか、と思い、つい目で探してしまうが、音の主は暗闇に紛れ、見つけることは出来ない。

どれくらい夜景を眺めていただろうか。

ふと思い出したようにドライゼン王が口を開いた。

「実はな、私と妃には……息子がいたのだ。息子は体に欠陥があり、産まれてすぐに亡くなってしまったがな」

「欠陥……ですか……それは……残念ですね……」

夜景からドライゼン王に視線を向けるが、王は夜景を見つめ続けていた。

「妃も私も、国も悲しみに暮れたよ。妃なんて三日三晩泣き続けていた。食事も喉を通らず、だんだんとやせ細る妃を見て、何も出来ない自分を悔やんだよ。どうにか悲しみを乗り越えた私と妃は前を向くことにした。そしてその数年後にシャルルを授かったのだ」

「心中、お察しいたします」

「よい、昔の話だ。だがシャルルは知っての通り、生まれつき体が弱くてな……産まれた時も心臓は止まっておった。産婆が懸命《けんめい》に蘇生《そせい》措置を行い、おぎゃあと泣いた時は心底ホッとしたよ。今は元気に走り回っているが、生まれて数年は歩く事も出来なかったのだぞ？

そしてシャルルの虚弱体質《きょじゃくたいしつ》は魔力生成に問題があると発覚した。本来であれば、幼い頃より魔法や固有結界の教練《きょうれん》を積むのだが、あの子の場合はそれが出来なかった。激しい運動や、魔力行使などの行為は厳禁、ただただ部屋の中で本を読み過ごす毎日……事情を知る王宮の者達もシャルルを腫《は》れ物に触れるように扱った。あの子はいつも窓の外を儚《はかな》げな目で見ていたよ。虚弱であってもシャルルは頭が良かった。自分は王の娘であり、固有結界の後継者《こうけいしゃ》、だのに自分は魔力どころかまともに運動する事も出来ない、と理解していた。それが逆に、あの子の精神を磨耗《まもう》させていったのだろう。今から四年前のある日、あの子は命を絶《た》とうとした……いつも見続けていた窓からその身を投げ出してな」

「そんな！　あのシャルルがですか⁉」

驚く俺を横目にドライゼン王は杯を呷《あお》り、ワインを一気に流し込んだ。

目元は厳しく、眉根には何本もの皺が寄り、当時の事を思い出しているのだろうと見受けられた。

「偶然にも階下を通りかかった守護騎士の機転により助かったが、あの騎士が通りかからなければあの子はこの世に居なかっただろう。だが、あの子はそれを喜んでいた。賭けに勝った、と泣きながら笑っていた。私は気が触れてしまったのかと思ったが、そうではなかった。その日からシャルルは別人のように変わったよ、王宮の図書室に入り浸《びた》り、手当たり次第に魔導書を読み耽《ふけ》った。自分でも出来る魔法は無いか、魔法に代わるものは無いか、と一生懸命《いっしょうけんめい》に自分の道を模索していたよ」

「窓から身を投げて……命を懸《か》けて何に勝ったと言うのですか」

「運命に勝ったんだ、と言っていた。死ねばそれまで、生き残ればまだ死ぬべき時では無い、とな。死ぬべき時では無いと分かったからこそ、自分と向き合い、生きる道を探したのだろう。そして二年前、シャルルは一つの魔法を見つけた。【ネイティブマジック】、自然魔法と呼ばれる昔の魔法形態の一種でな。木々や土、水、風などに含まれる微量な魔力と自己の魔力を掛け合わせて使用する特殊な術よ。自然魔法であれば魔力の少ない自分でも使えるのではないか、と思ったのだろう。通常であれば自己の魔力のみで事象を生み出すが、自然魔法は基本的に、自然が無ければ発動出来ん限定的な術式だ。だが自然の中であればあの子は木々を操《あやつ》り、土を隆起《りゅうき》させ、突風や鉄砲水《てっぽうみず》を生成する事が可能になる。ま、今はまだ成長途中ゆえに木の根を相手に絡ませたり、岩石を吹き飛ばす事ぐらいしか出来ないがな？　いずれは土や岩石でゴーレムなんぞ作り出すんじゃないか？」

と、ドライゼン王はテラスの柵に寄りかかりながらニヤリと笑った。

「だからシャルルの療養地《りょうようち》がサーベイト森林公園の中にあるんですか？」

「その通りだ。やはりフィガロは察しがいいな。だが自然魔法は習得が困難で、廃《すた》れてしまった魔法形態でもある。現存する文献《ぶんけん》にもあまり詳しくは記載されておらんでなぁ。かろうじて文献に残っていた低級魔法は習得出来たようだ。お主と出会ったあの森で、自分の体と折り合いをつけながら練習に励んでいたよ。そしてお主に助けられ、体質が改善された今、魔法の腕はメキメキと上達していてな。宮廷魔導師も目を丸くするほどの上達ぶりだぞ？　通常の魔法も扱えるようになって、通常魔法と自然魔法の二つを器用に使いこなしておるよ」

「そうだったんですか……」

シャルルが意外な、というよりは壮絶な過去を持っていた事に驚きを隠す事が出来ない。命を懸けて自分の運命を決めるなんて、十二歳の考える事じゃない。

大胆不敵《だいたんふてき》にも程があるだろうよ。

森に居た時も今までもそんな様子は欠片《かけら》も見せなかった。

森に居た頃は大人しめな子だと思っていたが、王宮に戻ってからは快活そのもの。

これも体質改善のおかげだとは思うが、それだけが要因では無いだろうな、とこの時思った。

だけど、自然魔法って自然系魔法と同じものだよな？

自然系魔法の魔導書であれば、アルウィン家の書庫に二、三冊ほど眠っていたのを読んだ事があり、やたらと古びた魔導書だったのを覚えている。

シャルルが発見した文献が何なのかは分からないが、もしかするとシャルルの力になれるかも知れない。

「もし良ければ今度、シャルルの練習に付き合ってやってくれ。フィガロとであればまた動きも変わるだろうて」

「私でよければ是非に」

「で、お義父さんと呼ぶ気になってくれたか？」

「またですか……なんでそう言わせたがるんですか？」

真面目な顔から一転、砕けた表情に変わり、肘《ひじ》で俺の肩を突いてくるドライゼン王。

重い空気を変えようとしてくれているのが分かる。

「息子が欲しいのだよ……父上でも父さんでも構わん、ダディとかはちょっと困る。パピーと呼ばれるのも気が引ける。妃はもう子供を作れん、私も年だしな……。きっと妃も、義理とはいえ息子が出来ると喜んでいることだろう。息子ならキャッチボールや馬術、狩りなども一緒に楽しめるだろう？　宮勤《みやづと》めにいい鷹匠《たかじょう》がいるのだ。其奴に手解《ほど》きをしてもらえば、フィガロもすぐに上達するぞ？　どうだ？」

「本当にグイグイ来ますね……普通、女の子の父親って『どこの馬の骨とも知れん男に娘をやれるか！』みたいな感じで、鉄拳が飛んでくるもんじゃないんですか？　こんな、親に捨てられた世の中も大して知らない小僧でいいんですか？」

「はっはっは！　何を言っているのだ！　フィガロは普通普通と言っておるがな？　普通はおいそれと一国の王と歓談など出来んのだぞ？　私が認めていなければ、王宮招致で褒美を渡してそれまでだ。シャルルの言葉もあるが、私はフィガロに光るものを見た。そしてそれは確実なものとなった。グイグイ行く理由がそれではダメかね？」

そう言われてしまうとぐうの音《ね》も出ない。

なんだか尽《ことごと》く逃げ道を封じられている気がする。

これがランチア家に流れる封印術……！

って、そんなわけは無いんだけど。

「では一つ教えてやろう」

黙りこくっていた俺を見て、ドライゼン王は人差し指を立て、俺を指差した。

「シャルルはな。モテるのだぞ？」

「モテるって！　父親が言うセリフですか……？　そりゃモテるだろうなとは思いますよ、あんなに可愛らしいお顔をしているのですから」

「そうだろう⁉　そう思うであろう？　体が弱かったからといってシャルルを王宮に閉じ込めていたわけでは無い。叙勲《じょくん》式や誕生《たんじょう》会など様々な行事で貴族達の前に立った事もある。記念日などの市街パレードで民衆に手を振り、微笑んでいた事もある。フィガロが思っているよりシャルルは支持が厚《あつ》い。是非息子と会って欲しいという有力貴族家や豪商からの嘆願《たんがん》も数多いのだ。まぁいわゆるラブレターというやつも多く届く。もちろんフィガロと出会う前に、何度かお見合いのような事もした。今となっては先走ってしまったと後悔しているがなぁ……交際に発展した事例はゼロだったが、引く手数多の女だということは理解して欲しい」

ドライゼン王がシャルルについて熱弁するのを聞きながら、胸がチクっとする事に俺は気付いていた。

その痛みが何かは分からないが、シャルルが他の男と歩いているのを想像すると、痛みはどんどん増していく。

しかしよくよく考えれば想像が付きそうな話でもある。

祝勝パーティの時だって貴族家の青年達がシャルルについて話していたではないか。

王家の娘であろうと、有力貴族家の嫡男であれば婚姻のチャンスは巡ってくるのだ。

それが公爵家、伯爵家など力のある貴族ならば尚更《なおさら》である。

シャルルが俺を好いてくれているのは知っている。

けど俺は？　一度だってシャルルに思いを伝えた事があっただろうか。

「私は、どうすれば良いのでしょう」

「どう、とは？」

「私も……シャルルが好きです。きっと出会った時から見初《みそ》めておりました。ですが私にはそういった経験がありません……どう伝えたら良いのか、分からないのです。ドライゼン王がそこまで仰る理由は分かっております。初めての事ばかりでどうすればいいのか皆目見当もつかないのです」

「その言葉を聞けてよかったよ。そのままあの子に伝えてやってくれ。それだけであの子は理解する。分からないことがあっていい、全てを分かる人間などおるまいよ。悩み、壁にぶち当たり、そして自分自身に素直になればいい。自分の事は自分しか分からんのだからな」

「はい……ありがとうございます」

「私もそうやって妃と歩んできた。喧嘩の数はもはや覚えておらんが一緒にいる。恥ずかしながら今でも妃の事は大好きだ。たとえ妃がしわくちゃになろうとも私は愛し続ける。恐るるな少年よ、何事も経験が大事だ。フィガロ、あの子を幸せにしてやってくれ。あの子はお主と出会えた事で全てが変わった、救われた。そして、お主も変わったであろう？」

ボトルに入っていたワインを全て杯に注ぐと、ドライゼン王は一気に飲み干《ほ》した。

「少し喋りすぎた。どうやら酔いが回ったようだ、先に失礼させてもらおうかな」

頬を少し赤くしたドライゼン王は、部屋の中で寝息を立てているシャルルに視線を向け、軽いため息をついた。

「今日はフィガロの気持ちを聞けて、本当に良かった。少しばかりアクションが少なかったのでな、悪いと思ったが焚《た》き付けさせてもらったぞ？」

「はは……ドライゼン王もお人が悪い」

「愛しの娘のためよ。あの子のためならいくらでも汚名《おめい》はかぶろうぞ？　ではな」

「は。おやすみなさいませ。本日は急な押しかけにもかかわらず貴重なお話をありがとうございました」

空《から》になったボトルを軽く掲げ、ドライゼン王はしっかりとした足取りで部屋に戻っていった。

後ろ姿を見る限り、絶対に酔ってはいないだろうと思う。

あそこまでして、俺をシャルルとくっつけたい理由は分かった。

テラスに吹く風を体全体で感じながら、ドライゼン王の言った言葉の意味をしばらく考える。

「責任重大、だな」

そう呟いた後、ジュースを飲みきり空《から》になった杯を手に、俺は部屋へと戻ったのだった。

◇　◇　◇

「シャルル、起きて。シャルル、こんな所で寝ていたら風邪《かぜ》ひくよ」

「ん……んぅ……うん……」

部屋に戻り、寝ているシャルルの肩を揺すって声をかける。

　クーガの毛並みが気持ちいいのは分かるが、いつまでもここで寝かせるわけにもいかない。

「起きろー、おーい」

「うん……うん……？　はぁ……いつの間にか寝ちゃってたのね、おはよう、フィガロ」

　何度目かの声掛けで、やっと目を開けたシャルルは目を擦り、のそのそと起き上がる。

　その時、体勢を整えようとするシャルルのドレスの裾が乱れ、白い足が膝のあたりまで露《あら》わになった。

　思わず目を背《そむ》けるが、その光景は鮮烈《せんれつ》に脳裏に刻まれてしまい、胸の鼓動《こどう》が早まってしまう。

「クーガもごめんね……重かったでしょう」

『気にするな、シャルルよ。シャルルほどであればたとえ十人乗ろうが、私には問題無い』

「ふふ、ありがと。クーガは力持ちね……ふぁーふ……あら、お父様もお休みになられたのね。フィガロも帰るの？」

「そりゃね。俺の家はここじゃないし、まだね」

　シャルルと同時にクーガもその身を起こし、座り込むシャルルの横に立っている。

　俺の言葉を聞いたシャルルは柔らかな笑みを浮かべて言った。

「まだ、ね。フィガロはとても強いけど、だからといって心配しないワケじゃないのよ？

いつも私は貴方を想ってる。貴方は……他の貴族達のように私に気持ちを伝えてはくれないけれど、嫌われていないって事だけは分かるわ」

部屋の大部分の灯《あか》りは消されており、使用人の姿も見当たらない。

ドライゼン王が部屋から出る時に気を利かせてくれたのだろうか。

部屋を照らすのはテーブルの上の燭台《しょくだい》に灯る蝋燭《ろうそく》の火と、窓から差し込む月明かりのみ。

月明かりは暗闇に走る一筋の照明となり、座り込むシャルルを照らしている。

横にいるクーガの頭を撫でながら、シャルルは呟くように話す。

「私は貴方に救われた。命も、人生も、在《あ》り方も、貴方が全てを変えてくれたの。理由は他にもあるけど……そんな事で、と思うかも知れない。でも私は貴方を好きになった。貴方とずっとずっと一緒に居たいと思った……大好きよ、フィガロ」

先程、食事の席で見せた、烈火《れっか》の如《ごと》き感情の吐露《とろ》とは正反対の静かな告白。

突然どうしてしまったというのか。

小首を傾げて微笑むシャルルの顔はとても美しく、差し込む月の銀光と相《あい》まって一枚の絵画《かいが》を連想してしまう。

白百合《しらゆり》のように華奢《きゃしゃ》な体は、触れば壊れてしまいそうなくらい繊細なガラス細工にも似ている。

「俺も、君が好きだよ、シャルル」

気付けばそんな言葉が口から勝手に飛び出ていた。

思考誘導されているのか、と思うほどに頭にモヤがかかって上手く考えられない。

顔全体が熱くなるのが分かる。

「え……？」

時が止まったかのように目を見開き、固まるシャルル。

聞こえていないわけは無い、俺の言葉が信じられないのだろう。

ならもう一度、しっかりと伝えなければ。

ぼんやりする頭でそんな事を考える。

「好きだよ。俺は、シャルルが大好きだ。他の男に取られたくない、君と一緒に居たい。君の想いは俺の想いと一緒だ」

「フィガロ……」

シャルルの頬につぅ、と一筋の涙が流れた。

すると、止まっていた時間が戻ったかのようにシャルルの顔はみるみると破顔《はがん》していった。

「嬉しい。初めて言ってくれたね」

俺はその宝石のように輝く笑顔を直視出来なかった。

あまりにも恥ずかしくて、照れくさくて、それを誤魔化すために窓の外へ視線を向ける。

「そう、だな。初めてだ」

そう言った瞬間、空気がふわりと動いたと思うと、シャルルが俺の胸にしがみついて来た。

シャルルからは甘い香りが漂い、ゆっくりと俺の鼻腔へと入ってくる。

「フィガロ……」

目線の下には目を潤《うる》ませて俺を見上げるシャルルの顔があった。

無意識にシャルルの肩に手を回し、吸い寄せられるように顔を近付け——。

その日、初めて俺はシャルルと、唇が触れ合うだけの優しいキスをした。

◇◇◇

『マスター。お取り込み中、申し訳ございません』

「なっ、なななんだ⁉」

初めてシャルルとキスを交わした数秒後、横でじっと待っていたクーガが口を開いた。

まるで置物のように気配を消していたクーガは、前足を俺の肩に置き、言った。

『私もマスターが好きです。一緒に居たいと思っております』

「はは、ありがとう。俺もだよ、クーガ。お前は俺の大事な相棒《あいぼう》だ。これからもよろしく頼むよ」

頭を撫でてやると、クーガは気持ちよさそうに目を細める。

眉間の間を掻いてやるのがポイントだ。

『シャルル、私はシャルルの事も好きだぞ。シャルルの撫で方はとても気持ちがいいし、一緒に居たいと思っている』

「もう……突然なんだから。私もクーガが大好きよ？　フィガロと一緒にずっとずっと私を守ってね」

『このクーガ、マスターとシャルルのつがいの守《も》り人《びと》となり、共に歩く事を誓おう』

そう言ってクーガは俺とシャルルの顔を交互に舐めた。

数回舐めた後にクーガ自らが頬ずりをし、再び元の場所へと戻った。

「さ、そろそろ俺は帰るよ。シャルルももう寝るといい」

抱いていた肩をそっと離し、俺はシャルルに告げた。

シャルルは特に抵抗もせずすんなりと離れ、満面の笑みを浮かべている。

「あのねあのね、一つお願いがあるの」

「ん？」

「お空、飛んでみたいな」

胸の前で両手を組み、笑顔のままでシャルルが上目遣いで俺を見る。

食事中に空を飛べるようになった、と話していた事を言っているのだろう。

【フライ】を使えるようになってから今まで、リッチと飛んだ事はあっても、人間を持ち上げて飛んだ事は無かった。

一人の場合であれば、多少のコントロールミスも対応出来るが、シャルルを連れてとなれば話は別だ。

落下させる事は無いと思うが、シャルルを抱く、なんて事は気持ち的に危険度が高い。もう少し練度《れんど》を高めてからでないと難しいだろう。

要するにシャルルを抱き上げるなんて……今はまだ恥ずかしくてとても出来ない。

アエーシェマに吹き飛ばされた時は偶然にも抱きしめていたが、それとこれとは別問題だ。

「ごめんよ、俺も覚えたてでシャルルを連れて飛ぶのはちょっと難しいんだ。でも練習するから必ず一緒に空に行こう」

「そっか、残念。じゃあその時まで楽しみに待ってるわね！」

残念と言っていても、顔は相変わらずの笑顔だ。

きっとすぐに飛べるようになるよね、と暗《あん》に言っているかのようだ。

シキガミは視覚共有が出来るので、一緒に飛ぶ事は可能なん……だけど……。

待てよ……？

シキガミって、依代を自分のイメージ通りの生物に具現化させる、んだったよな……？

これってひょっとすると……。

「なぁ、シャルルって魔力プールの量が王宮の中でも群を抜いてるって自分で言ってたよな？」

「え？　えぇまぁね？　ふふ、宮廷魔導師団の団長さんからのお墨付《すみつ》きよ？」

唐突な質問にシャルルは胸を反《そ》らせて誇るように言った。

控えめに主張する胸部がとても微笑ましい。

「だったら……ひょっとするとだけど、シャルルに冒険を体験させてあげられるかもしれないぞ！」

「んん？　どういう事？　影武者とかは無理よ？　この国で私に似ている人物は一人もいないわ」

「違う、そうじゃないんだ。これを見てくれ」

眉根を寄せるシャルルを尻目に、慌ててバッグからシキガミの依代となる鳥の木像を取り出した。

意識を集中させて、俺のイメージを木像へ伝えていく。

すると木像に柔らかな光が点《とも》り、俺の手を離れて空中へと浮いていく。

「綺麗……」

シキガミを見るのが初めてであろうシャルルは、輝いて変化する木像の様子に目を奪われている。

空中に静止した木像はゆるゆると形を変え、次第にその質量を増加させていく。

俺の中の魔力がぐんぐん吸われていき、それに比例するように木像もぐんぐんと姿を変えていく。

「これって……！」

その一部始終を見ているシャルルは、目の前でグニグニと姿を変化させる木像に心当たりがあるようだ。

「これが成功すれば……！」

『オン！　オンオン!!　マスター！　これは！』

横で見ていたクーガも何となく察したのだろう。

空中で膨らむ光の塊の周りをぐるぐると回って尻尾を振っている。

「これで……どうだっ！」

普段見ているものを細部までイメージするというのは非常に難しいのだな、とこの時思った。

アルピナがなぜシキガミを小鳥にしているのか、それは非常にイメージしやすいからなのだろう。

俺のシキガミが魔力を注いだ結果大鷲へと変貌《へんぼう》したのも、鷲が好きだという俺のイメージが無意識に伝わったからだろう。

どこまでも飛べそうな大きな翼、鋭い爪、俺が鷲を好きな理由は色々あるけれど、一番の理由はかっこいいから、だった。

そのシキガミも、今は全く違う生き物へと変貌した。

俺の前で見事に具現化に成功し、堂々たる姿で鎮座《ちんざ》していた。

「これってクーガじゃない！」

『マスター！　マスターはついに私そのものを生成してしまったのですか⁉　私一匹では至らぬと！　そう言いたいのですか‼　アォォーーーン‼』

「え、ちょ。クーガうるさい！　遠吠《とおぼ》えするな！　近所……いや、王宮に迷惑だろ！　人の話は最後まで聞け！　魔獣だろ！　メンタル弱すぎかよ！」

俺の意図を曲解《きょっかい》したクーガが突然遠吠えを始め、部屋全体の空気がバリバリと振動する。

そう、シャルルとクーガの言う通り、目の前に具現化させたのは、シキガミバージョンのクーガだった。

本家とは姿形がやや異なるが、一応目の前にいるクーガをモデルにイメージしてみたのだ。

模様の入り方や、目つき、背格好など若干の誤差《ごさ》があるものの、ぱっと見であればクーガ本人、本狼？　であると言えるだろう。

我ながら素晴らしい出来だと自負している。

「一体どういう事？　どうしてクーガが二匹になったの？　新しい魔法？」

シキガミで作り出したニュークーガを撫で回しながら、シャルルは目を輝かせて言った。

俺が考えたのは、こうだ。

この作戦はアルピナの承諾《しょうだく》が大前提となるが、アルピナの所にシャルルを連れて行き、シャルル用のシキガミを貸してもらう。

シャルルと同期させたシキガミを、モンスターでも動物でも何でもいいので、シャルルの好きな生き物に変化させる。

そしてそのシキガミを連れて、俺は冒険者として過ごしていく。

そうすればシャルルは王宮に居ながら、視覚共有を使ってシキガミの見る世界を堪能《たんのう》出来る。

シキガミが変化したのが獣であれば、従魔としてもう一匹追加すればいいだけなので手間もかからないし、万が一何かあっても、シキガミがダメージを負うだけでシャルルには何の被害もない。

危険だと言われる冒険者稼業《かぎょう》を、王宮内という確実に安全な場所から体験出来るのだ。

我ながら画期的《かっきてき》なアイデアだと思うし、ドライゼン王も駄目だとは言わないだろう。

シャルルの魔力プールの量を確認したのはそのためだった。

しかも魔力を追加すれば、遠隔《えんかく》での魔法行使も、視覚以外の四感を作動させる事も可能なのだから、かなり現実味のある体験が出来ると思うのだ。

「これは、トワイライトに居たアルピナ、という人から借りている秘術です。この事を内密にしてくれるなら俺の考えている作戦を……」

「するわ！　内緒にする！」

「返答早い」

『うっうっ……マスターは私一匹では飽《あ》き足らず、もう一匹のヘルハウンドを作るだなんて……浮気者《うわきもの》……でも群《む》れには他の個体がいてもおかしくない……くっ、私は一体どうすれば……』

クーガがよく分からない事をぶつぶつと呟いて床を見つめているが、とりあえずは放置しておこう。

シキガミには何の命令も出していないので、具現化した位置から微動《びどう》だにしていない。

「決まり、だな。だけど今日は、もうトワイライトは営業を始めてる。これから行っても邪魔なだけだし、第一王女であるシャルルが、お客さんのいるお店に入るわけにもいかない。アルピナにお願いするのは後日になってしまうけど」

「いい！　いいから早く教えて！」

「分かった！　分かったから！」

先程までのおしとやかを具現化したようなシャルルは姿を消し、代わりに溌剌《はつらつ》としたいつものシャルルがそこに居た。

俺の胸《むな》ぐらを掴み、鼻息を荒くして目を輝かせるシャルルは、新しい玩具《おもちゃ》を見つけた子供のようだった。

シャルルの勢いに呑まれそうになりながらも、考えていた作戦を伝えた。

「うっそ！　それほんと⁉　ほんとだったらいつでもフィガロの勇姿《ゆうし》が見られるのね⁉　あわよくばフィガロの寝顔、寝息、寝言、お風呂だって一緒に……！　あぁ、鼻血でそ……」

「おいちょっと待て」

おかしい。シャルルってこんなキャラだったの？

女の子ってみんなこうなの？　多面性っていうやつなの？

「は！　やぁねぇ！　冗談、冗談よぅ、んもう、フィガロったらん」

「なんでトワイライトの方々みたいな話し方するんだ……」

んふんふと鼻息を荒くしているシャルルをジト目で眺めながらも、そこは触れずに先を話す。

「とまぁ、そんな感じでいけばいいなって思ってる。希望的観測だから、もしかしたら断られる可能性だってある。あまり過度《かど》な期待はするなよ？」

「ちぇっ……でもアルピナさんって、あの時横になっていた、おっぱいがすっごい女性の方でしょう？　きっと私が誠意《せいい》を込めて嘆願すればオーケーしてくれるわよ！　王家直伝《じきでん》の舌先三寸《したさきさんずん》を見せてあげるわ！」

あぁ……ここにもアルピナの性別を間違えている可哀想《かわいそう》な被害者が……。

「違う、あれはおっぱいじゃない。ボンバイエだ。それに舌先三寸っていい意味では決して使わないと思うんだけども」

「ぼん……何ですって？」

「ん、何でもない、何でもないんだ。シャルルは気にしないでくれ。あのボンバイエは人間の持つべきものじゃあない」

「そう……？　ボンバイエっていうのが分からないけど、フィガロが言うのならそうなのね！　いつにしましょう!?　なるべく早い方がいいわよね！　行く時は迎えに来てね？　流石《さすが》にクーガに乗っては行けないから、王宮の馬車に乗る事になってしまうけれど」

「まぁ仕方ないよな。なら明後日《あさって》はどうだ？　明日は冒険者になるために自由冒険組合に登録をしに行く予定だからさ」

「いいわ！　なら明後日の夕方ならどうかしら!?　そうすれば夜のお仕事のアルピナさんだって起きていらっしゃるわよね!?」

「分かった。明後日の夕方に王宮へ迎えに行くよ。あれ？　トワイライトがどんなお店か知ってるのか？」

「知っているわよ？　私をお世話してくれたお店だもの。ちゃあんと調べて、謝礼《しゃれい》だってしているわ」

何だって⁉　謝礼とかそんな話、聞いてないぞ。

あ、でも確かに騒動があった後、やけに料理を大盤振《おおばんぶ》る舞いしていた時があったな。

そういうことか！

「ほ、ほぉん……そうだったんだ」

言い方は悪いが、俺がシャルルをトワイライトに投げ捨てたのを、拾って世話してくれていたのだ。謝礼くらいは当然と言える。

けど、俺が居るのを知っていて……、あれ？

「おい、シャルル。パーティの時のメイドの格好って。誰の入れ知恵だ？」

「ほぇっ⁉　んな、ななな何の事かニャア？　知らにゃいよう？」

「謝礼って言ったって、王宮が送りつけるわけじゃないだろ？　絶対にアルピナが王宮に招致されたよなぁ⁉　アルピナの事だから、上手く会話を誘導してシャルルになんか吹き込んだろ」

シャルルが口笛を吹きながら目を逸らした。その視線は泳ぎまくっている。

というか口笛、吹けてないぞ。

ふひゅふひゅと頼りない音を出しながら、必死に音を紡《つむ》いでいた。

くっそう！　アルピナのやつ！

アルピナめ……という事は、作戦会議中の時も内心ほくそ笑んでいたのか……。

大人って怖い。本当にそう思った。

「アルピナしゃんは関係ないわよ⁉　ただ私がフィガロの好みとか好きな食べ物とか聞いてみた時にね⁉」

「やっぱり話してるんじゃないかっ！　くそう！　俺の黒歴史の黒幕め！　成敗してやる！」

「ひぃー！　お許しをおぉ……ひゃめひぇ……むひゃあ……」

自ら墓穴《ぼけつ》を掘ったシャルルの頬に手を伸ばし、両頬を摘み、むにゅむにゅと引っ張ったり寄せたりとこねくり回す。

その度に平《ひら》べったくなったり、唇を突き出したりと、シャルルの顔が姿を変え、結構面白い顔になる。

シャルルの白い頬はとても柔らかく、もっちりとしていて、俺の指に肌が吸い付くようだった。

「あははは！　変な顔！　あははは！」

「ひゃめ……てってば！　んもう！　嫁入《よめい》り前の王女の顔を歪めて遊ぶなんて、フィガロくらいしかしないわよ⁉」

「特権、だな。役得役得《やくとく》」

俺がそう言ってシャルルの頬から手を離すと、「もぅ……！」と言って、シャルルが俺の肩にパンチを入れてきた。

「ったく。メイドになんてもう絶対ならないからな！」

「あら、残念」

伏し目がちに笑うシャルルは、何か言いたそうな顔をしていた。

敢《あ》えてそこには触れず、俺は肩を竦めて窓の方へ下がりつつ言った。

「さて、今度こそ本当に帰るよ。シャルルも部屋に戻って休むといい」

「そうね、確かにもう遅いわ。フィガロは飛んで帰るの？」

「うん、今から王宮の中を通っていくわけにもいかないしね」

「ん、それじゃ明後日待ってるわね」

「またな。クーガも戻れ」

『オン！　ではまたな、シャルル』

クーガを影に入れ、後ろ髪を引かれる思いで俺はテラスに出た。

シャルルは微笑みを崩さずに、部屋の中で手を振っている。

今回の事でシャルルとはかなり近付けた。

これからはもっと、彼女の事を知っていかなければならない。

辺境伯という分不相応《ぶんふそうおう》な爵位までいただいてしまった手前、もう後には引けない。

冒険者となり、見聞を広め、もっと成長しなければ。

そう考えつつ、俺はテラスから空中に身を投げた。

「【フライ】」

魔法を発動させ、屋敷を目指してそのまま加速する。

明日からは忙しくなる。

前途多難《ぜんとたなん》な道だとは思うけれど、不思議と俺の心は落ち着いていた。

天に浮かぶ月の銀光に照らされながら屋敷に着いた俺は、クーガを再び影から出して玄関をくぐる。

『おかえりなさいませ、ご主人様』

「ただいま」

どこからともなく聞こえてくる屋敷の声に返事をしながら、寝室へと向かう。

寝室と言ってもベッドが無いので、クーガと一緒に床で寝るだけなのだが。

「【ファイアボール】」

寝室に備え付けてある暖炉《だんろ》に薪《たきぎ》をくべ、魔法で火をつける。

若干肌寒いくらいの気温なのだが、掛け布団も無い。

風邪を引くのは嫌なので、念のための暖炉である。

寝転ぶクーガの肩に頭を載せ、自分の唇に手を当て、あの瞬間を思い出して顔が熱くなる。

今日は思いがけずシャルルと進展した。

ドライゼン王が背中を押してくれたおかげだ。

「婚約者の父親、しかも一国の王にあれだけ焚き付けられたら、ねぇ？」

『焚き付け？　既に暖炉には火が焚かれておりますが……』

「そうじゃないよ」

不甲斐《ふがい》ない、とは思う。

ドライゼン王には話したが、どうすればいいのか分からなかったのが本音だった。

けど素直に言ってしまえば実に簡単な事だった。

あの場の勢いというのもあっただろう。

でも、なんだか大人の階段を一つ上ったような気がした。

「なぁ、クーガ」

目を瞑りながら、背中合わせになっているクーガへ声をかけた。

『いかがいたしましたか、マスター』

「クーガは、どうして一匹だけであの場所に居たんだ？」

質問に意味はなく、ただなんとなく、ふと思い出しただけの話だ。

これからずっと一緒にやっていく相棒だというのに、俺はクーガの事を何も知らない。

特に何かをしたわけでもなく、俺はただ干し肉をあげただけ。

ただそれだけでクーガはここに居る。

『それは……またの機会にお話ししたいと思います』

「そっか」

クーガはそう言って、力なく尻尾を数度床に打ち付けると、黙ってしまった。

クーガにもきっと、それなりに事情があるのだろう。

話したくないのなら無理に聞く事も無い。

「明日は……自由冒険組合に行って登録を済ませて……」

シャルルとの進展に満足感を覚えつつ、明日の予定を考えていたが、疲労のせいか俺の意識はだんだんと遠のいたのだった。

◇　◇　◇

この街に自由冒険組合の支部がある事は知っていた。

だが知っているのは名前だけで、支部がどこにあるのかまでは把握していなかった。

昼前まで屋敷で惰眠を貪った後、寝過ぎた事に気付き、大慌てで屋敷を出た。

そして小一時間ほど歩き回り、やっとの思いで自由冒険組合の看板を見つけたのだった。

「おおふ……ここか……意外に大きいんだな……」

想像していた建物とはちょっと違い、新鮮な気持ちになる。

大きさ的には俺の屋敷の二倍はある。

支部の建物には扉が二つ、端と端に設置してあり、どっちが正解なのだろうと軽く考え込む。

しばらく扉のそばで様子を見ていたのだが、若い男女の四人組が手前の扉へ吸い込まれていったのを見て、便乗《びんじょう》してその後に続く事にした。

四人組の男女が入っていった、両開きの扉の前に遅れて立つ。

扉は木造でありながら、鉄板で補強《ほきょう》された堅牢な造りになっている。

後ろを見ても誰か入ってくる様子もないので、深呼吸をして心を落ち着かせた。

大きく息を吸い、数秒止めて、肺の空気を全て出す勢いで息を吐く。

「よし、行くぞ」

両手を扉に当てると、鉄板のひんやりとした感触が伝わって来る。

ぐっと力を入れて押し開いた。

扉をくぐると、そこには別の世界が広がっていた。

なぜか上半身が裸だが、大斧を背中に担いだ筋骨隆々《きんこつりゅうりゅう》の男。

テンガロンハットを目深《まぶか》に被《かぶ》った人物はバンダナで口元を隠しているが、腰につけた二振りのダガーとベルトに付けられた複数のポーチから、支援系職業のレンジャーだと推測できる。

聖印を象った錫杖《しゃくじょう》を持つ金髪の女性は神官帽を被り、首からロザリオを下げている。あれは間違いなくどこから見ても聖職者であり、退魔《たいま》や治癒《ちゆ》に関するスペシャリストでもある。

魔術師のような人物やチェインメイルを着た軽戦士らしき人物など、自由冒険組合の建物内は実に様々な職種を持つ人々でごった返していた。

「ほおー……！　これが……冒険者！」

俺より先に入った四人組は壁に張り出された紙を眺めて話し込んでいるようだ。あれは依頼の張り出し……なのだろうか。

近くにある作業台では何人かが書類を書いており、そこにいたハンターらしき人物が立ち上がり、用紙を手に持ちカウンターへと赴いていた。

「あそこが受付……だよな。俺は何も書かなくていいんだろうか？　紹介状を見せればいい、と言われたし、とりあえず並ぶか」

ゴクリ、と生唾を飲み込む。

飲み込んだ音がやけに明瞭《めいりょう》に聞こえる。

期待と興奮と不安がないまぜになった感情を抱えたまま、一歩を踏み出した。

心なしか、室内にいる冒険者達の視線が集中している気がする。

アジダハーカの構成員が集まるバーを訪れた時と同じような視線だ。

好奇の目なのか、ただ見ているだけなのか、嘲っているのか、視線の意図する所は分からないが、気付いていないフリをしてカウンターへ並んだ。

カウンターには三人の受付嬢《じょう》がおり、時に笑い、時に難しそうな顔をして冒険者の相手をしている。

百戦錬磨《ひゃくせんれんま》の冒険者達の相手をするこの受付嬢達も、百戦錬磨の猛者《もさ》なのだろう、と心の内で思う。

中にはめんどくさい絡みをする冒険者だって居るはずだし、実に大変な職業だ。

「次の方ー」

「はっ、はい！」

ぼけっと考えていたら俺の番が来たようだ。

口開けてたりしてなかったかな、大丈夫かな、と思いながら受付嬢の前まで進む。

特に何か言われるわけでもなく、にっこりとした柔和な笑顔で俺は迎えられた。

「こんにちは、今日は何のご用件でしょう？　……あら？　新顔さんね。申請用紙は書いた？」

「こんにちは。いや、えっと、新顔ですどうも……あぁ、そうじゃなくて、実はタルタロス防具店のルシオさんからの紹介状と、ある方からもこの書状をもらい、受付の方に見せろと言われたのですが……」

受付嬢は一目で俺を新顔だと見抜いたのか……ものすごい洞察力《どうさつりょく》だ……。

きっと元は凄腕の冒険者で、何か理由があって、今は受付業務を行っているのだろうな……さすがは自由冒険組合、使っている人材の質が違う。

「あら、ルシオさんから？　あの方のお店からはよく武具を卸《おろ》してもらっていて……と⁉　こっ！　これは王家の紋章⁉　ちょっ！　しばらくお待ちください！　すぐにお呼びいたしますのであっちの椅子に座って、あぁいや、あちらの椅子にお座りになってお待ちいただけますでしょうか！」

「は、はい。恐れ入ります、よろしくお願いします」

手紙を受け取った受付嬢は席を外し、慌ただしくどこかへ行ってしまった。

俺は言われた通り、指定された椅子に座る。

バーチェアのような少し座面の高いもので、座るにはちょっとしたコツが必要だった。

やっとこさ座ると、やることも無いので目の前に広がる冒険者の世界を堪能する事にした。

近隣に出没するモンスターについて話す青年と少女、遺跡の話で盛り上がる数人の冒険者達、彼らは皆パーティを組んでいるのだろう。

実に仲良さげに話をしている。

「俺にもパーティ出来るかなぁ」

傍から見れば、きっと俺の頬は緩みっぱなしだったと思う。

それくらいこの場所に来られた事が嬉しかった。

リッチモンドとコンビを組んだとは言え、ここからさらに人を増やしてパーティを組むのも悪くない。

パーティを組んで様々な危険を掻い潜《くぐ》り、チームワークと友情を高めて……。

「フィ、フィガロ様！　大変長らくお待たせいたしました！　支部長に手紙を渡した所、支部長が直々に話を伺《うかが》いたいと申しております！　支部長は既に別室で待っており、これより私めがご案内させていただきます！　御足労《ごそくろう》ではございますがどうかよろしくお願い申し上げます！」

俺がまだ見ぬ未来へ思いを馳《は》せていると、先程の受付嬢が大慌てでこちらに走ってきた。

「支部長さんが？　分かりました……ありがとうございます」

最初の印象から一変した態度で受付嬢が案内を申し出て来た。

教えてくれれば自分で行けるのに、とも思ったが、ここは厚意に甘える事にした。

「ではこちらへ」と俺を先導する受付嬢。

振り返って受付を見てみると、冒険者の一人が他の受付嬢にペコペコと頭を下げている。

冒険者の姿は土で汚れており、所々に血痕《けっこん》も見受けられる。きっと地を転がりながらも激しい戦闘を行ってきたんだろう。

傷付き、疲弊した冒険者を温かく迎える受付嬢。

穏やかな笑顔は荒《すさ》んだ冒険者の心に安心と温《ぬく》もりを与えるのだろう。

まるで母のように。

そう考えた途端、優しかった母様の笑顔が頭に浮かび、胸の内から切なさが込み上げてくる。

別れの際に流してくれたあの涙を俺は忘れない。

最初はこっそり会いに来てくれてもいいのに、と思ったこともあった。

だが父様の意見が絶対的なあの家の母様だ、おいそれと迂闊《うかつ》な行動は出来ないのだろう、と割り切った。

目頭が熱くなり、鼻の奥がキューっとする。泣いてはいない、泣きそうになっただけだ。

しっかりしろ、フィガロ。

ここで望郷《ぼうきょう》の念に囚われている場合ではないのだ。

隣の受付嬢は小さく手を振り、にこやかに冒険者を送り出していた。

きっと数多くの冒険者を同じように送り出していったのだろう。

その中には二度と戻らなかった冒険者も居たはずだ。出会いと別れを繰り返し、死地へ赴く背中を見守る。

なんて悲しい職業なんだろうか。

「こちらでございます」

「んんっ！　ここか……」

部屋の前に辿り着き、服の袖で目元をぐしぐしと乱暴にこする。

コンコン、とワックスが塗られた赤茶色の扉をノックする。

「どうぞ！」

「失礼します」

扉は丁寧に手入れがされているのか、軋む音もなく静かに開いた。

部屋はこぢんまりとしているが、壁に掛けられた絵画や、暖炉の上に置かれたガラス細工などから質の高い部屋であることが窺える。

部屋の中央には長机があり、その両脇には柔らかそうなクッションが載ったカウチが置いてあった。

先に部屋の中にいた男性は、大きく開いた窓から外を眺めていた。

「お初にお目にかかります、フィガロ様、ですな？」

「はい、御目通《おめどお》り失礼いたします。ルシオさんのご紹介にあずかり、自由冒険組合の門を叩いたフィガロと申します。以後よろしくお願いいたします」

「これはこれは実に丁寧なお方だ。立っているのもなんです、どうぞそちらへお座りください」

入り口で一度お辞儀をして入室し、カウチへと腰掛ける。

カウチはとても柔らかく、俺の体を適度な硬さで包んでくれる。それだけでこのカウチが高級品だという事が分かる。

しかし、入室してから抱いた疑問が一つある――。

「では自己紹介を。私が……フンッ！　このランチア自由冒険組合のォ……ンンッ！　総《そう》括《かつ》支部長、ラオステル・オルカでぇ！　ございます！　ソイッ！」

どうしてこの人は上半身裸なのだろう、という事だ。

まるで大岩のように鍛《きた》え上げられた上半身は、筋肉の鎧と言っても過言ではないほどに膨れ上がり、並大抵の攻撃ではビクともしないであろう、堅牢さが窺える。

王宮の守護騎士の鎧と同じか、それ以上の硬さがありそうな筋肉だった。

はち切れんばかりの筋肉にはオイルが塗られているのか、表面はテラテラとしており、灯りに照らされて輝いている。

そして何より、黒い。

肌の色が炭のように真っ黒なのだ。

日で焼いたものなのか自前の黒さなのかは分からないが、圧倒的な黒であり、顔面には申し訳程度のカイゼル髭《ひげ》がチョコンと生えていた。

「はい。よろしくお願いします」

この人が荒くれ者揃いの冒険者を纏め上げる自由冒険組合のトップ……さすがだ。

上半身に付いた物すごい筋肉量、あれは並大抵の鍛錬では得られない。俺には計り知れない地獄のような鍛錬の結果なのだろう。

ハインケルも大柄な男だと思ったけど、この人の場合は横に大きく、その全てが筋肉なのだから恐ろしい。

そしてきっと支部長になる前はその名も轟《とどろ》く筋肉……いや冒険者だったに違いない。そう思わせるほどに素晴らしい筋肉だった。

大胸筋《だいきょうきん》なんかは姉様より膨らんでいる気がする。

「ほう、この私の筋肉を見て動じないとは……さすが陛下の推《お》す者」

「そんな事はありませんよ、オルカ殿。素晴らしい筋肉に感歎《かんたん》の声も出ないだけです……って陛下？　ドライゼン王がなにか？」

「ほう！　君はこの筋肉の良さが分かるのかね！　間違いない！　君は逸材《いつざい》だ！」

「寧《むし》ろ、分からない人の方がどうかしております。その黒曜石《こくようせき》のように頑強《がんきょう》そうな筋肉の壁は、城塞《じょうさい》と言っても過言ではありません。ところでドライゼン王の書面に何か書かれていたのです？」

「カッカカッカァ！　言うじゃないか！　フィガロ様は褒めるのが実に上手だ。言葉遣いといい座り方といい、育ちの良さが如実《にょじつ》に現れておりますなぁ！　ここでは是非とも楽にしていただきたい。今日は冒険者としてフィガロ様を迎える記念すべき日となります。ルシオ君は貴方がとても強く、才に溢れ、知的だと言っている。彼が嘘を言うことはありません。ですが自由冒険組合の規定でありまして、どんなに強者であろうと最底辺からのスタートとなります。これは理解していただきたい」

窓のそばでポージングを決め、大胸筋をピクピクと震わせながら話すオルカは、眼光鋭く俺を見据える。

絶対俺の質問は聞こえているはずなのに、意図的にスルーしているとしか思えない。なぜスルーするのかは分からないが、いらない波風を立てても仕方ないので、オルカ支部長の話に合わせていく。

「もちろんです。ルシオさんとドライゼン王が何を書いていたのかは分かりませんが、私は自分の実力でお金を稼ぎたいのです。それに私は冒険者として未熟、冒険の『ぼ』の字も知りません、最底辺からで何ら問題はございません」

「その心意気や実に素晴らしき！　本来であればこの後、ちょちょっと適性レベルを測《はか》るのですが……フィガロ様は何の職に就こうと考えているのですかね？」

「えと、私は剣術と体術、魔法の心得があります。支援魔法、攻撃魔法は扱えますが、阻害系や退魔系はあまり使いません」

「ふむ……それでいくと剣士、戦士、格闘士、魔法砲撃士、魔法支援士のどれかとなりそうですなぁ。フィガロ様は従魔を持っている、とドライゼン陛下の書面にはありましたが……従魔を使役する何らかのオリジナル職として登録するのもありですよ？」

まだかまだかと手をこまねいていた話がやっときた。

従魔使いがオリジナル職になれると言うことは、従魔はあまり一般的じゃないのかもしれない。

「そうですか……あの、他に変わった職とかは無いのですか？　従魔をメインで使うわけではありませんので」

「む？　まぁあるにはあるのですが……規定以外の職はオリジナルと呼ばれていて、どれも個人が付ける名称なので……盗賊《とうぞく》やトラップハンター、フォレストドルイド……オリジナル職の申請にはその本人しか扱えない独自《どくじ》の術式体系が必要になってくるのですが、専門的な術式などをお持ちで？」

どれもピンと来なかったので駄目元《だめもと》で聞いてみたのだが、本当にあるとは驚きだ。

オルカが言い並べた職についても少し聞きたかったが、先に俺の職だ。

「あります。職の名前は【文殊使い】で申請したいと思います」

「文殊……ですか？」

俺の言葉にオルカはポージングの手を止めた。

射抜《いぬ》くような視線で俺を見つめるオルカ。

「分かりました。では適性試験を行うので演武場へ移動しましょう。ついてきてください」

オルカはポージングを解き、俺と共に一度部屋の外に出る。

来た通路とは違う通路に入り、施錠《せじょう》された鋼鉄製の扉を抜け、案内されるままに歩く。

試験の内容は現場で説明してくれるのだろうが、実に楽しみだ。

演武場までは意外に近く、階段を数分下りた先にだだっ広い空間が姿を現した。

ここが試験会場か。

しかしここまで誰一人ともすれ違わず辿り着いたのだが、今通ってきたのは専用通路のようなものなんだろうか。

「さて、ここが試験会場となる演武場です。周りには特殊な結界を施《ほどこ》してあるから、思い切りぶちかまして構いませんぞ」

演武場は広く、百メートル四方はある巨大な室内だった。

床は全てが黒い石で構成されている。おそらくカーボナイト鉱石だろう。

カーボナイト鉱石は衝撃を受ければ受けるほど硬くなる性質を持った立方体の鉱石で、その特性上、あまり加工が出来ないという癖の強い鉱石だ。

主に城壁の一部や金庫などに使われる事が多い。

「剣技と魔法、どちらから？」

「そうですね……では最初は魔法でお願いします」

「かしこまりました。ではフィガロ様、やりようはお任せします。文殊とやらを使い標的《ひょうてき》に攻撃してください」

腕を組んで立っていたオルカが指先を弾いて音を鳴らすと、天井から鎖で繋がれた十体の案山子《かかし》が降りてくる。

案山子は藁《わら》で作られた簡素なもので、鉄製のラウンドシールドとブレストプレートが装着されている。

ジャラジャラと派手《はで》な音を鳴らしながら、案山子は床に足をつけて静止する。

オルカを見ると、一度だけ頷いてみせた。

準備オーケーのようだ。

試験とは言っても最底辺ランクからのスタートだ、あまり派手な魔法を使う必要もないだろう。

ハインケルに使った【フレイムヴォルテックスランス】なんて、案山子に使ったらそれこそオーバーキルというものだ。

「ではいきます！　文殊よ！」

わざわざ声に出さなくても文殊は起動するのだが、ここはあえてオルカに分かり易いように声を出して起動する。

俺の声に呼応するように、【魔】【風】【水】の三つの文殊が光を放ち始める。

「ほう……それが文殊……アクセサリーに嵌め込んでいるのですか……いわゆる装飾型魔道具、いや、これは見たことのない魔道具……まさかそれはフィガロ様が独自に作り上げたのですか？」

腕を組んだ体勢から不動ではあるが、鋭い眼光は変わらずに俺を射抜いてくる。

口調は丁寧だが、目から放たれる視線は、自由冒険組合支部の長《おさ》を務めるそれだった。

「はい。これは私が師と共に作り上げた、私が私で居られるオリジナルの宝具です」

「宝具……ですか。なるほど。すみません、腰を折りましたな。続けてください」

オルカは顎をしゃくり、黙り込んだ。

今のはつい口を挟んでしまったのだろう。だが俺がクライシスと作り上げたこの文殊に興味を持ってくれるのは少し嬉しい。

口元が思わず緩みそうになるが、奥歯を噛み締めて頬を引き締めつつ、魔法を展開していく。

一発ずつやれとは言われていないので、十体全部を撃《う》ち抜くつもりでイメージ。

「ディス・エクスパンション、【ウォーターカッター】、【エアスピナー】を複合、同時展開」

イメージに合わせて俺の左右に五つずつ魔法が具現化する。

【ウォーターカッター】は、高圧の水を飛ばし、対象を切断する魔法だが、威力はさほど強くない低級魔法の一つ。

【エアスピナー】は、円盤状《えんばんじょう》に回転する風を対象に打ち込む魔法で、これも低級魔法の一つだ。

その二つを融合《ゆうごう》させ、高速回転する円盤状の水刃を展開させた。

俺にしか出来ない事をやれと言われたが、俺の力の源は文殊であり、文殊を起動した時点で俺が出来る事は少ない。

そこでハインケルが驚いていた、魔法の多重展開を披露《ひろう》しよう、と思い付いたのだ。

派手すぎず、殺傷《さっしょう》能力を高めた低級魔法を十個並べる。

我ながらいい案だと思った。

標的までは大体五十メートルほどと目算、高圧水で形成された円刃の回転数を徐々に上げていく。

【エアスピナー】の風膜により、回転を上げても水が散ることはなく、回転する円刃は射出される時を今か今かと待っているようだった。

「【ウォータースライサー】、シュート！」

ビシッ！　と人差し指を伸ばし、標的である案山子に突きつける。

俺の合図に合わせて、水の円刃が弾かれたように射出された。

五十メートルの距離を一瞬で詰めた水刃は音もなく案山子をすり抜け、向かいの壁にぶち当たって消滅した。

「以上です！　どうでしたか！」

「んが……はぁ……？」

魔法は見事に十体の案山子全てを両断しており、真《ま》っ二《ぷた》つに撥《は》ね飛ばされた案山子が床に転がっている。

見た感じ綺麗に切れているので、失敗ではなさそうだ。

射出してから思ったのだが、あれを操作出来るように改良すれば、なかなか便利な魔法になるんじゃあないだろうか？

「あの、オルカ支部長さん？」

「は！　す、すまん！　今のは一体なんだ⁉　何という魔法なんですか⁉　と言うより、魔法の多重展開を十式⁉　信じられん！」

オルカの様子がおかしい。

射抜くような眼光だった目は大きく開かれ、ウォーハンマーのような両拳は俺の両肩を掴んでガンガンに揺らしてくる。

「ひゃいあいあいあい」

脳味噌《のうみそ》までシェイクされる勢いで全身が揺らされ、言葉を上手く発する事が出来ない。

俺の足は宙に浮き、強風に煽られる小枝のようになっていた。

「フィガロ様！　教えてくだされ！　今のはなんという術なのですか！」

「しゅひょ……しゅとっぴゅ……ぅ……」

「は！　申し訳ありません!!　ご無事ですか！」

「は、はいい……」

やっとの事で解放してくれたオルカが、心底心配そうな目で俺を見てくる。

多少目の前がグラつくが、立てないわけじゃあない。

「い、今のは水と風の低級魔法を組み合わせた魔法です。簡単な組み合わせだったと思うのですが……ダメでしたか……？　それに加えて、オルカ支部長に言われた通り、俺にしか出来そうにない多重展開を入れてみたのですが」

「て、低級……組み合わせる……？　フィガロ様は自分で何を言っているのか、分かっておられるのですか？」

「え……？　複合魔法は誰にでも出来る、という事でしょうか……？」

ワナワナと手を震わせるオルカを見て、失敗したと直感した。

いくら何でも低級魔法を使うべきじゃなかったのだ。

今行っているのは猛者達の集まる自由冒険組合の試験なのだ。

世間一般的に魔法の複合は難しい部類に入るが、冒険者達の間では普通の事なのかも知れない。

もっと強い魔法でやるべきであり、誰にでも出来そうな複合魔法などやるべきじゃなかったのだ……。

　その事実に気付き、俺は項垂《うなだ》れてしまう。

「そうじゃありません！　魔法を組み合わせるという事は、詠唱の構成を完璧に把握していて、尚且つ魔法を完璧に改変して組み上げなければ、発動すらしないのはご存知でしょう⁉　間違った改変は暴走《ぼうそう》したり意図しない効果が現れてしまう。しかも今、詠唱を行っておりませんでしたよね⁉　詠唱を破棄《はき》し、二つの魔法を完璧に組み合わせてコントロールしてみせた。しかも十式多重展開という非常識極まりない行為も……」

「え？　は、はい……すいません」

「複合魔法というのは、二人から三人、もしくはそれ以上の魔法使いが、相性《あいしょう》の良い別々の魔法を同時に放って、空中で融合させる荒業《あらわざ》なんです。最初から合成してしまうなんて、聞いたこともない。そもそも、あの案山子は藁で出来てはいますが、数回の魔法の直撃にも耐えられるよう、対魔魔法を掛けてあるのです。なのに、あんなにあっさり斬り飛ばして……あの魔法は低級の威力じゃあありません。多重展開も同じ事が言えます。知られている限り、四式までが最高記録であり、十式なんて非常識すぎる……これが次期国王陛下の実力というわけですか……」

「えと、つまり……？　え？　次期国王……？　え？　まさか⁉」

「魔法試験は文句無しで合格でございます。ルシオ君の紹介状とドライゼン陛下からの書面には、フィガロ様の魔法は非常識だと書いてあったのですが……末恐ろしいお方だ」

オルカは組んでいた腕を解き、肩を竦めて「やれやれ」と呆れたように首を振る。

さりげなく無かった事にしようとしているが、そうはいかない。

「非常識……って……あの、もう一度お聞きします。ドライゼン王の書面には何と？」

「ぐむっ……しまった……」

「そこまで言ってしまったのなら、教えてくれますよね？」

「分かりました。陛下からの書面にはクーガと呼ばれる巨狼の従魔の事と……『フィガロはシャルルの婚約者であり、このままいけば次期国王となる者。この事は一切の他言を禁ずるが、貴殿《きでん》との絆《きずな》を信じているゆえにお主には伝えておく』と」

「あは……ははは……」

申し訳なさそうに俺を見るオルカを前に、力なく俯いた。

やられた……まさか先手《せんて》を打たれるとは思わなかった。

俺が次期国王だとバレたら、絶対に自由冒険組合の対応が変わってしまう。

本来なら一介の冒険者としてやっていきたかったのに……。

「ご安心ください、フィガロ様。陛下のお言葉はそれだけではありません。『フィガロをとことん鍛えてやってくれ、遠慮はいらん。敬称《けいしょう》もいらん。一冒険者として徹底的にしごいてくれ。フィガロであれば多少の無茶でも大体苦にならんはずだ』とも書いてありました。初対面ゆえにこのような態度をとらせていただいておりますが、一度冒険者になられたなら、私はフィガロ様と呼ぶのをやめますし、駆け出しの冒険者として相対してゆく所存でございます」

「それは……ほんとですか……！　なんだよ、びっくりした……」

「なので！　今後は敬称を省き、フィガロと呼ばせてもらうぞ！　構わんな⁉」

「え……！　という事はつまり……？」

胸を撫で下ろし、心底安心していた俺の肩を岩石のような掌が包む。

オルカの言葉の真意を感じ取り、勢いよく顔を上げると、そこには純白《じゅんぱく》の歯を剥き出しにして笑うオルカの顔があった。

「これほどの魔法の腕前を見せられてしまってはな。先も言った通り合格だ！　剣技など試験をするまでもない！　フィガロよ！　冒険者の世界へようこそ！」

「合格ですか⁉　やった！　ありがとうございます！　正直俺の望む冒険者生活はダメかと思ってしまいました」

「あれが不合格なはずなかろう。世間知らずもいい所だが……今後やりすぎには気を付けたまえよ？　フンッ！」

オルカが再びポージングを決め、爽やかな笑顔を披露する。

はち切れんばかりの大胸筋と上腕二頭筋《じょうわんにとうきん》がピクピクと動き、筋肉までもが俺の合格を祝福してくれているように見えた。

これで俺は、晴れて冒険者として生活出来るようになった。

後はリッチモンドにも自由冒険組合に行き、冒険者になってもらえばいい。

そしてコンビを組み、冒険者として依頼をこなし、報酬を得て生活をしていくのだ。

◇◇◇

デビルジェネラルであるカラマーゾフを滅ぼし、シャルル暗殺計画の片棒を担いでいたクリムゾン公爵も亡くなった。

クリムゾン公爵と関わっていたその他の貴族も、ハインケルが行った情報のリークにより鳴りを潜めるだろう。

これでシャルル暗殺未遂《みすい》事件は幕を引き、俺は辺境伯と冒険者という二足のわらじを履く事になる。けれど、きっと上手くいくだろう。

この先はきっと、今までのようにバタつく事もなく、明るい未来が待っている事を信じつつ、俺は演武場を後にしたのだった。

あとがき

文庫本の第一巻から引き続き、本書を手に取っていただいた読者の皆様、お久しぶりです。作者の登龍乃月です。

実は先日、体調を崩して数日間寝込むという不運に見舞われてしまいました。寒暖《かんだん》の差が不安定で体調を崩しやすい季節ですので、皆様もどうかご自愛くださいませ。

さて、悪魔の大将軍を打ち倒し、王と王女からの信頼をさらに強固なものにしたフィガロの冒険活劇はいかがでしたでしょうか？

そして、その報酬として手に入れた豪邸《ごうてい》は、元はリッチの住まう呪いの家……となれば、普通なら絶対に住みたくないですよね。事故物件ランキングがあれば、ダントツ一位になること請《う》け合いです。

と、こんな設定を作っておきながら、私は幽霊の類《たぐい》は一切信じていません。え、なぜって……？　だって、信じたら怖いじゃないですか。だから信じません。所謂《いわゆる》、心霊スポットなんて行ったこともありませんし、これから先の人生でも百パーセント行くことはありませんね！（実はめっちゃ怖がり）。

紆余曲折《うよきょくせつ》の末、呪われた屋敷が豪邸として復活し、さらには意思を持つ事となりました。少しこの屋敷の裏話をしますと、実はこの一連のエピソードを描くためにリッチが生まれたとも言えるのです。というのは、主人公が魔物を退治した褒美として王様から爵位や屋敷を授けられるというのは、ライトノベルでは比較的メジャーだと思うんです。だから、一巻のオチとしてそれだけじゃつまらないよなぁ……と考え、「よし！　じゃあ呪われた家を作って、そこを舞台装置にしてしまえばいい」という発想が生まれ、呪いの理由や元凶に想像力を巡らせていき、あの愉快なリッチが誕生いたしました。ちなみに屋敷の外観のイメージは、かの有名な旧岩崎邸の洋館だったりします。

　そんな小話をお伝えしたところで謝辞《しゃじ》の方を――。

　一巻と同様に超絶美麗《ちょうぜつびれい》なイラストで本作に華やかさを与えてくれた我美蘭様、また本書の刊行にあたりご協力くださった関係者の皆様、誠にありがとうございました。

　最後になりますが、数ある本の中から本書を手に取っていただいた読者の皆様に改めて深く御礼を申し上げます。本書がいつまでも皆様の記憶と本棚に残っていくことを願いつつ、このあたりで筆を置かせていただきます。

　それでは皆様、またお会いしましょう。

二〇二一年一月　登龍乃月

アルファライト文庫

この作品に対する皆様のご意見・ご感想をお待ちしております。

おハガキ・お手紙は以下の宛先にお送りください。

【宛先】

〒150-6008 東京都渋谷区恵比寿 4-20-3 恵比寿ｶﾞｰﾃﾞﾝﾌﾟﾚｲｽﾀﾜｰ 8F
（株）アルファポリス　書籍感想係

メールフォームでのご意見・ご感想は右のＱＲコードから、
あるいは以下のワードで検索をかけてください。

アルファポリス　書籍の感想　検索

ご感想はこちらから

本書は、2019年9月当社より単行本として
刊行されたものを文庫化したものです。

欠陥品《けっかんひん》の文殊使《もんじゅつか》いは最強《さいきょう》の希少職《きしょうしょく》でした。2

登龍乃月（とりゅうのつき）

2021年 2月 28日初版発行

文庫編集－中野大樹／篠木歩
編集長－太田鉄平
発行者－梶本雄介
発行所－株式会社アルファポリス
〒150-6008東京都渋谷区恵比寿4-20-3恵比寿ガーデンプレイスタワー8F
TEL 03-6277-1601（営業） 03-6277-1602（編集）
URL https://www.alphapolis.co.jp/
発売元－株式会社星雲社（共同出版社・流通責任出版社）
〒112-0005東京都文京区水道1-3-30
TEL 03-3868-3275
装丁・本文イラスト－我美蘭
文庫デザイン—AFTERGLOW
（レーベルフォーマットデザイン－ansyyqdesign）
印刷－中央精版印刷株式会社

価格はカバーに表示されてあります。

落丁乱丁の場合はアルファポリスまでご連絡ください。

送料は小社負担でお取り替えします。


ISBN978-4-434-28505-9 C0193